Elfriede Rotermund

Einsame Ufer

Hallignovellen

Herausgegeben von
Arno Bammé

Husum

Umschlagbild: Ingwer Paulsen, Hallig Gröde
(Abdruck mit freundlicher Genehmigung von Christian de la Motte)

Illustrationen: Ingwer Paulsen

Die Deutsche Bibliothek – CIP-Einheitsaufnahme

Ein Titeldatensatz für diese Publikation ist bei
Der Deutschen Bibliothek erhältlich

© 2002 by Husum Druck- und Verlagsgesellschaft mbH u. Co. KG,
　Husum
Satz: Fotosatz Husum GmbH
Druck und Verarbeitung: Husum Druck- und Verlagsgesellschaft
Postfach 1480, D-25804 Husum – www.verlagsgruppe.de
ISBN 3-89876-014-6

Wenn die Stürme schweigen ...

Eine Einführung in das Leben und Werk
der Halligdichterin Elfriede Rotermund

„Dichterin der Halligen" wurde sie genannt. Und in der Tat ist es ihr wie keiner Zweiten gelungen, die eigenartige Kultur dieser Inselwelt in ihren Erzählungen zu verewigen. Gar keine Frage, die neue Zeit hat Einzug gehalten, auch auf den Halligen. Die moderne Technologie, Telefon und Fernsehen haben auch hier den Alltag verändert. Und dennoch! Wer die jüngsten Sturmfluten erlebt hat, wer gespürt hat, wie hilflos der Mensch plötzlich den Naturgewalten der See ausgeliefert sein kann, der vermag die Schilderungen Elfriede Rotermunds, selbst wenn sie siebzig Jahre und länger zurückliegen, nur allzu gut nachzuvollziehen.

Aus einem anderen Grund hat Elfriede Rotermund uns auch heute noch etwas zu sagen. Wenn sie die Auseinandersetzung der Inselbewohner mit den Naturgewalten der Nordsee schildert, das Sterben in seiner Qual oder Erlösung, je nachdem, die Not des Broterwerbs, die die Männer aufs Meer hinaustreibt, die Sehnsucht und Ungewissheit der zurückbleibenden Frauen, dann geht es ihr nicht so sehr und nicht allein um die äußere, sondern um die innere Welt der Menschen, um ihre Seelenlandschaft – die aber nun hängt mit der äußeren eng zusammen. Elfriede Rotermund, die die Welt der Halligen aus eigener Anschauung kannte, hat Verständnis für die Sorgen und Nöte der Menschen, die sie porträtiert,

Verständnis auch für die Eigenarten und Schwächen, sei's des Charakters, der Handlungsweisen oder der Sitte, Schwächen, die ihre Wurzeln oft im Verhältnis der Menschen zu ihrer Landschaft haben. Dieses Verhältnis, dieser Zusammenhang hat seinen angemessenen Ausdruck gefunden in der von ihr gewählten Form der Darstellung. So ist, um ein Beispiel zu nennen, der vom Meer hereinbrechende Sturm das beherrschende dramatische Element dieser Landschaft. Und der Sturm findet sich wieder als Metapher in den sozialen Konflikten und dramatischen Ereignissen der Menschen, in ihrer Seelenlandschaft. Wenn die Stürme der Natur schweigen, am Ende einer Novelle, wenn das Meer zur Ruhe gekommen ist, dann schweigen nicht selten auch die Stürme des Lebens, dann endlich kommen auch die Menschen zur Ruhe. Diesen Zusammenhang zwischen äußerer und innerer Welt der Menschen herzustellen und herauszuarbeiten, das gelingt ihr in der Tat vortrefflich. So führt sie uns ein in die Seelenlandschaft der Thalke Thyssen, einer Halligbewohnerin, deren Bräutigam vor dem Hochzeitstag bei dem Versuch, Schiffbrüchige im Sturm zu retten, selbst auf See bleibt. Mit den anderen Halligfrauen am Strand stehend, muss sie hilflos mit ansehen, wie eine Sturzsee das Rettungsboot erfasst und in die Tiefe reißt. Seit jenem Tag ist sie „nicht mehr ganz richtig im Kopf. Sie ist was wunderlich, sagten die Halligleute von ihr, ist aber ja immer was ruhig und gutmütig, o ha ja, das ist sie, armes Stakkel!" Fünfzig Jahre lang lebt sie in dem Wahn, Meinert Boysen, dem sie versprochen war, käme zurück, fünfzig Jahre lang, bis der Tod sie erlöst.

Ein Einzelschicksal, sicher. Aber so selten nun auch wieder nicht. Die Wiederkehr des immer Gleichen, diese ständige Bedrohung durch Naturgewalten, die im Seelenleben der betroffenen Menschen ihren Niederschlag findet, verdeutlicht Elfriede Rotermund hintergründig durch die ständig sich wiederholende, die gesamte Novelle durchziehende Untermalung: Und „schwer rollte die See".

Wir heute, in unserer Zeit, können uns ein solches Schicksal kaum noch vorstellen, zum einen weil uns die soziale Bindung eines Versprechens nicht mehr geläufig ist. Zum anderen: Wer würde sich durch den Verlust eines künftigen Lebenspartners noch in den Wahnsinn treiben lassen, wo es, das Leid zu mildern, ausgebildete und bestallte Therapeuten gibt. Trotzdem lässt uns das Schicksal der Thalke Thyssen nicht unberührt, verdeutlicht es uns doch, dass wir in unserer modernen Welt, in unserer schnelllebigen Zeit etwas verloren haben: die Fähigkeit und die Bereitschaft, tiefere Bindungen einzugehen, Bindungen, die sowohl Gefühle der Geborgenheit als auch Verlassenheitsängste auslösen können.

Auch andere Schriftstellerinnen haben die abgeschiedene Welt der Halligen als Rahmen für ihre Novellen und Romane gewählt, etwa Felicitas Rose in ihrem als Halligroman untertitelten Buch „Der Mutterhof". Es geht um das durchaus aktuelle Schicksal einer kinderlos bleibenden Ehefrau, um ihre soziale Stigmatisierung. Oder Anny Wothe in ihrem als Nordsee-Roman untertitelten Buch „Hallig Hooge". Im Gegensatz aber zu den Erzählungen Elfriede Rotermunds bleibt die Landschaft, in die beide Autorinnen ihre handelnden Personen stellen, dem Lebensschicksal der Menschen äußerlich. Die Romane könnten ebenso gut in der Lüneburger Heide, in der masurischen Seenplatte oder in den Hochalpen angesiedelt sein, ohne dass am Fortgang der Handlung sich viel ändern müsste. Zweifellos ist es Elfriede Rotermund, selbst sechzehn Jahre auf einer Hallig zu Hause, viel überzeugender gelungen, die innere Seelenlandschaft der Halligbewohner als Abbild ihrer äußeren Umwelt nachzuzeichnen. Es mag sein, dass es dabei zu Überzeichnungen gekommen ist und zu Verzerrungen, weil sie die sozialen Realitäten des Inselalltags selektiv wahrgenommen hat oder – was legitim ist, weil es sich um belletristische Tex-

te und nicht um soziografische handelt – selektiv wahrnehmen wollte. Dennoch sind ihre Novellen, Erzählungen und Skizzen dichter an der Realität dieser Eilande als die erwähnten Hallig- und Nordsee-Romane.

Wenn Elfriede Rotermund oft Frauen in das Zentrum ihrer Novellen stellt, dann sicher auch deshalb, weil sie den Halligalltag mit den Augen einer Frau wahrgenommen hat. Darin unterscheiden sich ihre Erzählungen zum Beispiel von den Romanen Wilhelm Lobsiens, des Halligdichters schlechthin, oder Gustav Frenssens. Hierin mag einer der Gründe dafür zu finden sein, dass ihre Werke nach dem Krieg zu Unrecht in Vergessenheit geraten sind. Es ist einer vorwiegend männlichen Literaturkritik und Verlagspolitik schon immer schwer gefallen, Werken, die aus bewusst weiblicher Perspektive geschrieben wurden, gerecht zu werden und ihnen die gebührende Beachtung zu schenken. Erst einer jüngeren, empirisch orientierten Literaturwissenschaft blieb es vorbehalten, die überkommenen philologischen Abgrenzungs- und Klassifizierungskriterien als interessengebundene Ausgrenzungsstrategien in ihren fatalen Folgen für „weibliches Schreiben" zu kritisieren und detailliert zu benennen: Abwertung der Gegenstände des (weiblichen) Schreibens als uninteressant und wertlos; Abwertung der (weiblichen) Schriften durch (sowohl zutreffende als auch unzutreffende) Zuordnungen zu minderwertig qualifizierten Literaturarten und -gattungen; Abwertung der Autorin als Person durch Negativstereotype; Isolierung der Frau, falls sie denn doch in den männlichen Kanon gerät, als Ausnahmeerscheinung; Mindergewichtung ethischer und sozialer Werte im Vergleich zu den ästhetischen Werten der Form, die das Kunstwerk als Kunstwerk und nicht den Bezug zur Realität auszeichnen. Dabei stellte sich sehr schnell heraus, dass Kriterien wie mangelhafter organischer Aufbau und Klischeehaftigkeit, die angeblich den Modus eines trivialen Textes bestimmen, lediglich das Resultat „eines" bestimmten Literaturbegriffs sind, der in der Vergangenheit unhinterfragt als universell gültig unterstellt wurde.

In diesem Zusammenhang wäre die grundsätzliche Fage, ob überhaupt und warum Schriftstellerinnen sich möglicherweise stärker als schreibende Männer an Stereotypen orientieren, flankierend zu ergänzen um die Frage, ob und wie eigentlich Stereotype in den Texten männlicher Autoren verankert sind. Denn das zeigen vielfältige feministische Analysen zum Beispiel von Weiblichkeitsbildern in Männertexten ganz deutlich: Männliche Literatur ist durchgehend und in geradezu banaler Weise in ihren Weiblichkeitsbildern durch stereotype Bezugnahme auf Weiblichkeitsklischees geprägt.

Die tradierten Klassifizierungs-, Abgrenzungs- und Ausgrenzungsversuche geraten ins Wanken, wenn man die Frage nach der Funktion von Texten in den Vordergrund rückt: Was wird von wem für wen und warum geschrieben? Qualitätsunterschiede im Produkt sollen dabei keineswegs geleugnet werden. Unter diesem Aspekt betrachtet, bewahren die Hallignovellen Elfriede Rotermunds eine ihnen eigene und unverkennbare Qualität sowohl gegenüber den Werken Wilhelm Lobsiens und Gustav Frenssens einerseits als auch gegenüber den Schriften Felicitas Roses und Anny Wothes andererseits.

Dass Elfriede Rotermund vor allem von Frauen gelesen wird, verwundert in diesem Zusammenhang kaum. Männer haben sich bislang immer schwerer getan sowohl im Umgang mit als auch im Zulassen von Gefühlen.

Selbst der eigene Ehegatte, Robert Rotermund, studierter Germanist und Theologe, äußerte Vorbehalte gegenüber der „poetischen Schwelgerei" seiner Frau. „Zu weitschweifig", „zu sehr mit Adjektiven überladen", „zu wenig präzise", „zu viel Wortmalerei" – so lautete unter anderem sein Verdikt. Nur allzu leicht lässt sich die gefühlsträchtige Stimmung der Hallignovellen Elfriede Rotermunds als „frauenzimmerliche Gefühlsduselei" abtun, anstatt sie zu nehmen als das, was sie ist: ein bewusst eingesetztes poetisches Mittel. Männer neigen eher zu Ironisierungen, um seelisch belastende Situationen emotional in den Griff zu bekommen und sich zu erleichtern. Die versteinerten Gesichter verraten allerdings oft, wie schwer das fällt. Vielleicht haben wir hierin gleichfalls einen jener Gründe dafür zu suchen, dass das Werk Elfriede Rotermunds von einer (männlich dominierten) Literaturwissenschaft bislang so sträflich vernachlässigt wurde.

Elfriede Rotermund: die Halligdichterin. Sofort fällt einem Wilhelm Lobsien dazu ein: der Halligdichter. Und dann ist der Weg auch nicht mehr weit zu Gustav Frenssen, zur Heimatdichtung und zur Heimatkunstbewegung. Dass auf die Heimatdichtung und Heimatkunstbewegung, so fortschrittlich sie ursprünglich auch waren, historisch deren nationalsozialistische Vereinnahmung folgte, ist heute allgemein bekannt. Dafür, dass eine solche Vereinnahmung nicht zwangsläufig sein musste, dafür steht unter anderem der Name Elfriede Rotermund. Es macht in ihrem Fall deshalb durchaus Sinn, von Regional- und nicht von Heimatliteratur zu sprechen. Einmal um zu verdeutlichen, dass es hier nicht um „Heimat" im Sinne von Blut und Boden geht. Zum anderen aber, um auf einen aktuellen Trend aufmerksam zu machen: In dem Maße, in dem der europäische Integrationsprozess voranschreitet, lässt sich eine Renaissance, eine Wiedererstarkung des Bewusstseins traditioneller, zum Teil Staatsgrenzen übergreifender Regionen feststellen.

Es scheint, dass Europa für die Menschen als emotionaler Identifikationsfokus zu groß, zu abstrakt, zu anonym ist, dass auf der anderen Seite die traditionellen Nationalstaaten ihre alte Integrations- und Identifikationsfunktion aufgrund ihrer abnehmenden politischen Bedeutung zugunsten Brüssels nicht mehr erfüllen können. Es sieht so aus, als ob Regionen in ihrer überschaubaren Räumlichkeit, mit ihrer gewachsenen Kultur, ihren historischen Traditionen, nachdem sie in der Kriegs- und Nachkriegszeit an Bedeutung verloren hatten, dieses Vakuum zunehmend wieder auszufüllen beginnen. In einem solchen Selbstfindungs- und Rückbesinnungsprozess kann eine regionalspezifische Literatur, die ideologisch und politisch nicht korrumpiert ist, eine wichtige Synthesefunktion erfüllen. Sie kann dazu beitragen, Traditionslinien, die verschüttet waren, wieder ins Bewusstsein der Landschaft zurückzuholen, ohne sich ständig rechtfertigen zu müssen. So gesehen wäre Elfriede Rotermund durchaus eine aktuelle Autorin.

Wer aber war nun Elfriede Rotermund? Geboren wird sie am 2. März 1884 als Elfriede Schönhagen in Schlangen am Teutoburger Wald. Bereits mit zwölf Jahren veröffentlicht sie ihre erste Erzählung im „Hannoverschen Tageblatt". Eine enge Freundschaft verbindet sie mit Hermann Löns. Er fördert ihr Talent. Sie besucht das Konservatorium und Lehrerinnenseminar in Hannover – gegen den Willen der Eltern. Elfriede Schönhagen muss eine sehr selbstbewusste junge Frau gewesen sein. Es heißt, sie habe sich nach bestandenem Examen um die Lehrerinnenstelle an einer Missionsschule in Afrika beworben. Wiederum sind die Eltern dagegen. Diesmal setzen sie sich durch. Sie wollen nicht, dass die einzige Tochter von insgesamt fünf Geschwistern so weit fortgeht. Stattdessen tritt Elfriede Schönhagen eine Stelle als Lehrerin in einem Dorf der Lüneburger Heide an. Bald macht sie sich durch volkskundliche und musikwissenschaftliche Studien in der Öffentlichkeit einen Namen.

Gemeinsam mit Prof. Dr. Kück aus Berlin gibt sie eine äußerst erfolgreiche Studie alter Volkstänze heraus. Eine entsprechende wissenschaftliche Karriere liegt damit durchaus im Bereich des Möglichen. Aber es kommt anders. Elfriede Rotermund ist (noch) zu umtriebig. Wegen einer Erkrankung verbringt sie einen Genesungsurlaub auf Hallig Habel und wird Zeugin der furchtbaren Dezember-Sturmflut des Jahres 1909. Gemeinsam mit der alten Halligbäuerin Nommensen muss sie vor den Fluten auf den Dachboden flüchten. Die Welt der Halligen hinterlässt einen so nachhaltigen Eindruck auf sie, dass sie beschließt, wiederzukommen. Über Wardböhmen bei Celle, Lüneburg und Fürstenwerder an der Weichsel gelangt sie als Lehrerin auf die ostfriesische Insel Borkum. Dort lernt sie ihren späteren Mann, den Schulrektor und Pastor Robert Rotermund kennen. Am 1. Mai 1912 heiraten sie. Elfriede Rotermund drängt ihren Gatten, sich um die vakante Pfarrstelle auf Hallig Oland zu bewerben. Das Ansuchen hat Erfolg. Das Ehepaar übersiedelt auf das kleine Eiland, sie als Lehrerin, er als Pfarrer. Die Hallig wird für sechzehn Jahre ihre Heimat. In dieser Zeit entstehen der Hallig-Roman „Godber Godbersen" (1928) und zahlreiche Hallig-Novellen, unter anderem „Einsame Ufer" (1925), „Die große Stille" (1926), „Wenn die Stürme schweigen" (1929). Ihre Bücher erscheinen im Ernte-Verlag, Potsdam und Hamburg, sowie in Zwickau bei Johannes Herrmann. Fast alle ihre Bücher sind illustriert worden von Ingwer Paulsen, der sich später als Maler der Westküste einen Namen macht. Sie erleben mehrere, zum Teil sehr hohe Auflagen.

Das Ehepaar Rotermund-Schönhagen führt auf Oland ein offenes Haus. „Die Rotermunds hatten viel Besuch auf der Hallig, unter anderem auch von Hermann Löns", erinnert sich Käthe Petersen, eine Schülerin Elfriede Rotermunds. Das Gästebuch des Pastorats der Hallig Oland gibt Auskunft über das stete Kommen und Gehen. Ebenso wie Hermann Löns und seine zweite Frau Lisa waren öfters Ida Frohnmeyer, eine Schweizer, und Anna Schieber, eine schwäbische Schriftstellerin, zu Gast. Ein häufiger Gast auf Oland war auch der „Maler der Westküste", Ingwer Paulsen, der das sorgenfreie Leben im gastfreien Pastorat sichtlich genoss. („Er muss mal wieder durchgefüttert werden.") Viele Skizzen der Halligwelt aus dieser Zeit sind erhalten.

Im Frühjahr 1928 verlässt Familie Rotermund Hallig Oland und geht nach Segeberg, in eine Stadt. Pastor Rotermund hat sich, nachdem er es bereits einmal abgelehnt hat, dieses Mal entschlossen, das ihm angebotene Amt eines Propstes anzunehmen, um den Kindern den Besuch eines Gymnasiums zu erleichtern. Doch viel Zeit, sich einzugewöhnen, bleibt der Familie nicht. Bereits im Herbst 1933 wird Propst Rotermund auf Veranlassung der Nationalsozialisten seines Amtes wieder enthoben und auf die zweite Pfarrstelle der Flensburger Kirchengemeinde St. Marien versetzt. Dort stirbt er am 30. Juni 1945. Während dieser Zeit erscheinen kaum Arbeiten Elfriede Rotermunds. Nach wie vor unauffindbar sind die Manuskripte der späten Romane „Die letzten Mönche von Segeberg" und „Vale Carissima". Möglicherweise handelt es sich um ein einziges Romanwerk. Es scheint, dass die Fertigstellung, zumindest des ersten Manuskripts, in eine Zeit fällt, von der es heißt, dass Elfriede Rotermund Schreibverbot hatte. Weder der eine noch der andere Roman wurde je publiziert. Das ist umso erstaunlicher, weil sowohl Robert Rotermund als auch Pastor Halfmann, ein Freund der Familie, die historische und kirchenterminologische Stimmigkeit des Manuskripts überprüft hatten und „Vale Carissima" überhaupt das erste und einzige Werk Elfriede Rotermunds war, das ihr Gatte ohne Einschränkung als große literarische Leistung akzeptierte.

Dass Elfriede Rotermund sich nicht nur über Konventionen hinwegsetzte, sondern auch über Humor und Menschlichkeit verfügte, wird immer wieder kolportiert.

Deutlich wird das unter anderem im Zusammenleben mit Beate Uhse (Rotermund), die damals im Flensburger Pastorat die Grundlage ihres Versandhandels legte. Jahre später noch fanden spielende Kinder auf dem Dachboden der Pfarrei Belegstücke aus dieser Anfangszeit. Elfriede Rotermund hatte überhaupt keine Probleme im Umgang mit diesen Dingen.

Nach dem Krieg unternimmt Elfriede Rotermund längere Vortragsreisen, unter anderem wiederholt auch in die Schweiz. Sie wird zur Präsidentin des Flensburger Schriftstellerclubs gewählt. Am 3. 1. 1966 stirbt sie im 82. Lebensjahr im Pfarrhaus am Marienkirchhof in Flensburg.

Aus Elfriede Rotermund ist die Dichterin der Halligen geworden. Sie stehen im Zentrum ihres literarischen Schaffens. Es ist schon so, wie Erik von Nordenskjöld ausführt: „In behaglicher Breite und liebevoller Kleinmalerei schildert die Dichterin Wesen und Schicksale der Halligbewohner, die herbe Schönheit der stillen Inselwelt und das Meer: sonnig-friedvolles Idyll und großartig furchtbare Sturmgewalt ... Vor allem durch diese Hallig-Bücher wurde Elfriede Rotermund weit bekannt. Sie sind inzwischen, da der Fortschritt die ‚Weltabgeschiedenheit' der kleinen Inseln weitgehend beendet hat, zu wertvollen Dokumenten einer eigenartigen Kultur geworden."

Oldenswort, im Frühjahr 2001 *Arno Bammé*

Sturmflut

Auf der tiefschwarzen See lastete die hereinbrechende Dunkelheit des Februarabends. Der Mond stand am Himmel, und zerrissene Wolken fegten in wilder Jagd an ihm vorbei.

Von fernher grollte und donnerte es dumpf. Die dunkle Wasserwüste wurde von gespenstisch weißen Schaumkämmen belebt, und an der Halligkante sprang die See hoch empor, dass der flockige Gischt weithin auf das Vorland geschleudert wurde.

Aus den niederen, bleigefassten Fenstern der Hallighäuser fiel gelber Lampenschein in den stürmischen Abend hinaus. Ein Blitz erhellte jäh und geisterhaft die Finsternis. Ein mächtiger Donner folgte. Dann war es wieder dunkel.

Wie ein schwarzer Klumpen lag die Warf unter dem von Dämonen gepeitschten Wolkenhimmel, kaum, dass eben die Umrisse der kleinen Kirche und des Pfarrhauses zu erkennen waren, um die sich die übrigen Häuser reihten.

Gegen die Fenster des Wohnzimmers schlug der Regen. Drinnen brannte die grün beschirmte Lampe, die hohe Standuhr tickte gemächlich, und der weiße Kachelofen verbreitete Behaglichkeit und Wärme.

Um den runden Tisch vor dem tiefen Ledersofa saßen der Pastor und sein junger Freund, der, ehe er sein Pfarramt am Rhein antrat, noch einmal schnell auf die kleine Hallig geflüchtet war. Ihnen gegenüber, in einem bequemen Sessel, lehnte die Pfarrfrau, weiches, weißes selbst gesponnenes Garn wickelnd, das die Magd, ein eben der Schule entwachsenes Halligkind, ihr hielt.

Heimelig war es in dem niedrigen Raum, dessen beide Längswände holzgetäfelt und im alten, dunklen Schieferblau gehalten waren, während die Norder- und Süderwand mit ihren glänzenden Kacheln, deren eine die verschnörkelte Jahreszahl 1640 trug, in freundlichen Lichtern spielten.

Durch das kleine grüne Fenster, das neben der Tür, die zur Vordiele führte, in der blauen Holztäfelung angebracht war, geisterte flackernder Schein.

Inzwischen nahm der Wind stetig zu. Der Rosenstrauch vor den Fenstern der Wohnstube ächzte im Sturm, und seine Zweige peitschten an die blanken Scheiben. Als täte es dem Südwest selbst weh, dass er ihn so zausen musste, klagte er mit ihm, und sein Stöhnen wurde zu einer trüben, schmerzlichen Melodie. In den Balken und im Lattenwerk des Reetdaches knackte und knarrte es, ein Knispern und Wispern, ein Huschen und Rascheln, als gingen unsichtbare Geister um.

Schon hob der Sturm an den Mauern des Hauses zu rütteln an, und aus den Lüften drang der angstvolle Schrei der vor dem Winde gewirbelten Möwen, die laut kreischend über die einsame Hallig flatterten.

Die Pastorleute horchten schon eine Weile auf das Stärkerwerden des Sturmes. In das minutenlange Schweigen erklang des Pastors Stimme: „Ein schlechtes Zeichen sind diese Möwenschwärme. Immer, wenn die

Kreaturen bei uns Schutz suchen, will schweres Wetter aufkommen. Wir tun gut, unsere Vorkehrungen zu treffen", wandte er sich an seine Frau und an die junge Magd.

„Meinst du in der Tat", warf fragend der Freund ein, „es könnte sich in dieser Nacht irgendetwas ereignen?"

„Ich meine gar nichts", versetzte der Angeredete. „Wir werden's in zwei Stunden erleben."

Ein Sturmprall stieß die Südertüre auf.

Der Pastor war im Nu aufgesprungen und mit schnellen Schritten aus der Stube geeilt, die Haustüre wieder zu schließen. Er hatte eben den Riegel vorgelegt, da rief er den Zurückbleibenden zu, man möge hinter ihm die Nordertüre festmachen, er wolle beim Nachbarn, dem Kirchenältesten, nachschauen, ob man dort schon mit Kellerräumen beginne. Es schien, als habe er noch etwas in der offenen Tür gerufen, aber der Wind verschlang die Worte.

Einen Augenblick verweilten der Freund und die Pfarrfrau noch an der Glastüre, die nach Norden führte, und sahen auf das veränderte Bild, das Gewaltige schweigend in sich aufnehmend. Der Südwest peitschte die wild zerrissenen Wolkenfetzen am Himmel, dass das Mondlicht selten genug sichtbar ward. Die Leuchtfeuer von Sylt und Amrum erhellten blitzartig die tiefe Dunkelheit. Schwerer Regen prasselte aufklatschend in die aufgewühlten graugelben Flutmassen.

Die Wellen, die vorhin an der Halligkante wie wild schäumende Rosse nach der Uferböschung geschnappt hatten, rasten jetzt in regelloser Folge stoßweise bis an die vier Meter hohe Warf. Bald hatten die ersten den steilen Rand des nach Nordwesten dem Pfarrhaus vorgelagerten Fethings erreicht und stürzten peitschend und drängend in sich zusammen. Immer mehr kamen bellend und beißend und heulend heran, und immer höher sprang der weißflockige Schaum über die Fethingkante empor.

„Ich fürchte", sagte die Pfarrfrau, sich zum Gehen wendend, mit banger Miene, „wir werden keine leichte

Nacht vor uns haben. Anke", wandte sie sich an die Magd, „zünde die großen Stalllaternen an und hänge eine in der Küche und die andere im Keller und die runde auf der Vordiele auf."

Der Pastor hatte sich zurückgekämpft, von seiner Lederjoppe und vom Südwester troff das Wasser. Als er sich gegen die Türe stemmte, um schnell genug hineinzugelangen, riss der Sturm die Bodenluke weit auf und heulte grässlich hindurch. Das losgebrochene feste Holz ratterte und knarrte in das wilde Sturmesbrausen. Der Pastor nahm Hammer und Nägel – Anke leuchtete auf den Boden hinauf –, fing die schlagende Luke auf und schlug die Krampen wieder fest. Beim Hinuntergehen fragte er: „Hast du Angst?"

„O ha nein, Herr Pastor. Das salzige Wasser soll aber wohl kommen, o ha ja."

„Ja, das wird kommen. Nun wollen wir rasch den Keller räumen."

Er behielt die Lederjoppe an, legte nur den feuchten Südwester ab und wollte in die Wohnstube gehen. Seine Frau trat ihm schon auf der Diele entgegen, während der Freund am Fenster lehnte und in das schwere Wetter sah. Auf der mütterlichen Gestalt im schwarzen Kleide lag der blendende Schein der großen, runden Laterne, die Anke vorhin an dem Deckbalken der Vordiele befestigt hatte.

„Was meinte Frerk Petersen? Sollen wir ausräumen?", fragte sie hastig.

„Nein, er meinte, noch nicht. Seltsam genug, der sonst so besinnliche Nachbar denkt allen Ernstes, es bestände heute keine Gefahr für uns. Die wollen jedenfalls noch eine Stunde warten und erst dann beginnen."

„Und was sagte Olk?", fragte die Pfarrfrau weiter.

„Olk? Jaa – – nun Olk saß wie immer an der Wiege von Klein-Eike. Das Kindchen schien mir ein wenig unruhig, daran wird natürlich wieder Ekke Nekkepenn schuld sein. Olk hatte das Wiegenband der kleinen Urenkelin losgelassen, saß mit gefalteten Händen und sang, als ich hineinkam, mit ihrer rührenden Stimme: ‚Christ Kyrie, komm zu uns auf die See!' Nun, schließlich erlebt man, wenn man wie Olk 94 Jahre alt ist und nie von der Hallig war, ja auch mehr als eine Sturmflut. Sie teilte aber gar nicht die Meinung ihres Sohnes Frerk, dass es heute ganz gefahrlos sei. Als ich fortging, warf ich noch einen Blick in die Darnsk, da schaukelte Olk schon wieder sachte die Wiege, obschon das Kleinchen schlief. In den Augen der Ahne lag eine stilles Warten, unverwandt schaute sie auf die geschlossenen Fensterläden. Sie betete gewiss, die welken Lippen bewegten sich."

„Kein Wunder", sagte ergriffen die Pfarrfrau, „wie wird die Sturmflut von 1825, aus der sie nur das nackte Leben retteten, vor ihren Augen stehen!"

Der Freund trat zu dem Ehepaar. Ein verlegenes Lächeln huschte über sein schmales Gesicht: „Ich weiß nicht recht, da draußen scheint's mir fürchterlich zu sein."

„Du hast Recht", antwortete ernst der Halligpastor. „Aber jetzt an den Keller!" Und er ging mit schnellen Schritten hinunter, als müssten schon die eben mit Plaudern vergangenen Minuten nachgeholt werden.

Die Vorräte wurden eilends auf den Boden geschafft. Niemand sprach dabei, nur dann und wann erklang ein hastiges „Vorsicht!", wenn irgendetwas Eingemachtes in zerbrechlichen Gläsern von Hand zu Hand ging. Zuletzt kamen die Kartoffeln und das in Sand gelegte Gemüse an die Reihe. Es war ein schweres Stück Arbeit, aber endlich war auch das geschafft. Als gerade die letzte Kiste aus dem Keller getragen wurde, zischte und brodelte schmutziges Schlammwasser hinein.

„Seht Ihr's, wir durften nicht zehn Minuten später mit Ausräumen anfangen", sagte der Pastor und zeigte auf das eindringende Wasser. „Schnell den Südwester!", befahl er und ergriff eine Anzahl leerer Säcke und kämpfte sich mühevoll zur Nordertüre hinaus. Jetzt musste er schon seine ganze Kraft daran setzen, damit der Sturm nicht einfach die Tür aus den Angeln riss. Als er draußen war, wurde auf sein Geheiß die Türe von innen mit großen, langen Nägeln fest vernagelt.

Anke machte sich nun daran, ihre kleinen Habseligkeiten aus der ziemlich niedrig gelegenen Mädchenkammer in Sicherheit zu bringen. Die Pfarrfrau und der Freund blieben noch vor den Scheiben der Nordertüre stehen. Die Wogen zischten, die Brandung tobte, und wie ein siedender Kessel kochte und schäumte das Meer. Am wolkenzerissenen Himmel blinkten nun einige Sterne, und strahlender Mondschein erhellte die wilde Flut. Unaufhaltsam wälzten sich die Wogen heran, eine schwere See nach der anderen. Wie das donnerte und tobte in unbezähmbarer Wildheit!

Draußen arbeitete der Pastor. Um den Fething zu schützen, hatte er mit starken Armen ein großes, massiges Brett an der gefährdeten Stelle angebracht und dann schwere Sandsäcke davor getragen. Nun füllte er eben die letzten Säcke mit zäher Kleierde und schleppte diese als Schutz vor die Nordertüre.

Beim taghellen Mondlicht war deutlich die Spannung im Gesicht des Arbeitenden zu erkennen. Was er tat, war Knechtsarbeit, und es gab Schwielen dabei an den Händen. Doch die Arbeit litt keinen Aufschub, und auf Hilfe war nicht zu rechnen. War doch jeder im eigenen Hause so nötig, und außerdem hatte der Tod im letzten Jahr drei Halligfrauen in wenigen Monaten zu Witwen gemacht, denen musste zuerst geholfen werden.

Der Freund sah auf den Halligpastor, und seine Armmuskeln spannten sich, als wollten sie die feinen, schmalen Hände zum Zupacken zwingen. Er hörte das wütende Bellen der rasenden See und nagte unschlüssig an der Unterlippe.

Welle auf Welle stürzte klatschend in den Fething; dann und wann ward ein dumpfes Donnern und Krachen vernehmbar, als würden ungeheure Balken aufeinander geworfen. Der Sturm presste sich unterdes mit Gewalt hart gegen die Türe, als wollte er sie eindrücken. Weil es ihm nicht gelang, pfiff er schneidend durch die schmalen Ritzen, dass die junge Pfarrfrau vor Kälte erschauerte. Dann rannte er wie toll das Reetdach hinauf und blies mit lang geheulten Trompetenstößen in den Schornstein, dass die Funken aus dem Herde stoben und der Ruß durch die Küche wirbelte.

Der Pastor hielt mit seiner Arbeit inne. Der letzte Sack war gefüllt, zugebunden und gegen die Türe zu den anderen gestellt, damit kein Wasser ins Haus dringen sollte. Er sah hinter der Türe seine Frau und seinen Freund stehen und rief ihnen zu, ihm behilflich zu sein, er wolle durchs Fenster steigen. Er musste es zweimal rufen, ja mehr schreien, so schwer war die Verständigung. Alle Kraft wurde von drinnen angewendet, dass nur nicht das Fenster ihren Händen entglitte. Schon brüllte der Sturm mit gellender, hohnvoller Stimme sein erbarmungsloses Siegeslied in das niedrige Pfarrhaus, doch er frohlockte zu früh. Denn kaum war der Pastor über die Fensterbank gesprungen, da hatte er auch schon mit fester Hand den Flügel wieder geschlossen und das ganze Fenster dichtgemacht.

„Kinder, vertrödelt nicht zu viel Zeit mit Gucken", schalt er gutmütig. „In den Stuben wartet viel Arbeit." Ehe sie sich dahin begaben, riss er sie schnell zurück und zeigte hinaus: „Schnell, schnell – seht da mal hin!"

Erst vermochten sie nichts Außergewöhnliches zu entdecken, hatten sie doch schon lange auf den wilden Aufruhr hinausgeschaut. Nur dass die Wellen, die vor geraumer Weile wie wild bäumende Rosse aus dem Meer gestiegen, beißend und um sich schnappend an die Kante gesprungen waren, sich nun auf dem Fethingrande überschlugen, dass Brandung und Gischt gegen das Pfarrhaus und an den Fenstern emporsprühten. Doch, nun sahen sie:

Eine Riesenwoge stieg auf, kam näher, bäumte sich

hoch wie ein wildes, wutschnaubendes Ungeheuer, führte etwas mit sich, das wie ein dunkler Riesenschatten unheimlich das Fenster überhöhend vorüberschwebte, und stürzte dann mit donnerähnlichem Krachen gegen die jenseitige Böschung.

„Das war großartig!", rief mit leuchtenden Augen der Halligpastor.

„Oh – ja!", setzte anerkennend der Freund hinzu. „Das war doch eben euer Gartenhaus, nicht wahr?"

„Ach, unser liebes, schönes Teehäuschen. Es ist zu schade!", bedauerte die Pfarrfrau.

„Es gibt Schlimmeres!", tröstete schlicht ihr Mann. „Aber welch eine elementare Gewalt und Kraft muss eine solche Welle haben, dass sie das massive Haus, aus Eichenholz gefügt und auf Eichenbohlen stark befestigt, von der Fethingbrücke nimmt und, als wäre es weniger als irgendein papiernes Kinderspielzeug, vor sich herführt und es am Nachbarhause zerschellen lässt. Wolf, war das nicht schön?"

„Großartig!"

Sie schauten noch einmal hinaus. Im Mondlicht sahen sie die Trümmer des zerbrochenen Teehäuschens und rings umher die brechenden, drängenden Wogen mit ihrem unheimlichen Toben. Längst hatte sich das Brausen des Sturmes mit dem Rollen der Brandung zu einer einzigen betäubenden Symphonie vereinigt.

„Seht in die Stuben", bat die Pfarrfrau, „ich möchte schnell einen Blick ins Kinderzimmer werfen."

Anke hatte in der Wohnstube den Teppich schon aufgerollt. Bald standen die Möbel aufeinander, einiges wurde noch auf den Boden geschafft. Man wähnte die etwas höher gelegene Studierstube sicherer und stand davon ab, mit ihr ebenso zu verfahren.

Ein leises Raunen und Rauschen mischte sich seltsam genug unter die Donnerstimmen der Nacht. Ein ganz eigentümliches und merkwürdiges Geräusch, das von Sekunde zu Sekunde wuchs, erfüllte das Zimmer. „Hörst du es auch?", fragte die Pfarrfrau, mit ihrer Arbeit innehaltend.

„Wir haben keine Zeit zu verlieren", mahnte statt aller Antwort der Pastor.

Es war auch nicht mehr nötig, irgendwelche Vermutungen auszusprechen. Lähmendes Entsetzen prägte sich auf den Gesichtern aus. Sachte plätschernd und stetig dabei steigend kam Wasser in die Wohnstube. Woher es kam? Niemand hätte es zu sagen vermocht. Es war da.

Ankes wildes Schluchzen und ihr angstvoller Ruf nach den auf einer anderen Hallig wohnenden Eltern: „O Babe – o Mehm!", riss die übrigen in die Wirklichkeit zurück. Die Pfarrfrau strich gütig über das erblasste Mädchenantlitz und sagte in friesischer Sprache: „Wees man eh trong, lütt Anke, eh!"

„Was nun?", wandte sich die Pfarrfrau an ihren Mann, der die Stubentür prüfte, ob etwa von dort das Wasser eindrang.

„Nein, die Tür ist dicht." Er fuhr mit der Linken über Augen und Stirn und sann nach.

„Es hilft nichts", sagte er entschlossen, „wir müssen versuchen, die Sachen in der Studierstube doch noch schnell hochzustellen."

Man ging in die nebenan liegende Studierstube. Doch was war das? Das ganze Zimmer war schon fußhoch vom Wasser überschwemmt. Bücher und Zeitschriften waren aus den unteren Regalen gespült. Die Männer bückten sich mit schmerzlichem Bedauern nach manchem kostbaren alten Buch, die blonde Frau leuchtete ihnen, und Anke wurde geschickt, rasch einen Korb aus der Küche zu holen.

Ein heftiger Sturmprall, der das Haus in seinen Grundfesten erbeben und erzittern ließ, überschlug mit seinem Getöse alle Fragen und Antworten. Mitten hinein erscholl Ankes furchtbarer Schrei. Alles rannte, ihr zu helfen.

Die Nordertüre hatte dem Anprall nicht standgehalten, die untere Hälfte war eingedrückt und drohte zu zerbrechen. Schon gingen die Wellen ungehindert hindurch.

„Tücher, Lappen, Säcke – alles her!", kommandierte der Pastor. Er spaltete mit wuchtigem Hieb eine große Kiste und versuchte mit diesen Brettern dem Wasser Einhalt zu tun. Der Küchentisch, der ebenfalls als Schutz gebraucht werden sollte, war nicht mehr zu bekommen, denn durch den Keller, in dem das Wasser schon länger bis an die Deckenbalken gestanden hatte, war beinah kniehoch Wasser in die matt erhellte Küche gedrungen.

Kein Wort wurde gewechselt, kein Laut mehr gesprochen, bis der Pastor notdürftig die Türe geflickt hatte. Als er sich wieder aufrichtete, sah er das blasse Gesicht seiner Frau und fühlte, wie ein Zittern durch ihre Gestalt ging. „Du kannst dich ja leider nicht hinlegen", meinte er besorgt, „obendrein sind wir auch ja gänzlich vom Schlafzimmer abgeschnitten. Wir wollen dir aber sofort einen bequemen Stuhl in die Wohnstube bringen."

Die junge Frau wehrte ab, doch es half ihr nichts. Sie fühlte sich gar nicht wohl, und seit sie beide Schuhe voll Wasser hatte, wuchs ihr Unbehagen. Doch war ihr ganzes Sinnen und Denken ein stetes Lauschen nach dem Kinderzimmer.

Anke öffnete den Männern die Wohnstubentüre, und sie trugen einen hohen Sessel hinein. Gurgelnd, zischend und klatschend schossen die Wasser heran und drangen mit in die Stube. Erschöpft fiel die Pfarrfrau in den Sessel. Und sogleich mühte sich Anke, ihrer Herrin die nassen Schuhe und Strümpfe auszuziehen. Dann rieb sie sorgfältig und behutsam mit ihren warmen Händen die fast erstarrten Füße. Ein liebes Lächeln und ein warmes Wort wurde der jungen Magd zum Dank.

Der Pastor hatte noch einmal nach den beiden Haustüren im Norden und Süden gesehen und kam nun mit dem Freunde in das kahle und ungemütliche Wohnzimmer.

„Wir müssen uns jetzt in eines anderen Schutz stellen", sagte er ernst, „weiter können wir nichts tun. Wenn der Sturm nicht mehr zunimmt und die Mauern halten, dann ist nichts zu befürchten. Im anderen Falle liegt es bei euch, wie ihr es erwartet, ob in Angst und Zagen oder in Ergebung, ob in wilder Abwehr oder in tapferer Entschlossenheit. Es kommt ja nicht drauf an, wann man stirbt, sondern wie man stirbt."

Da prasselten irgendwo zwei Mauersteine zusammen, und mehr Wasser flutete ins Zimmer. Bestürzt sahen alle auf das Furchtbare und Unheimliche. Die Pfarrfrau wurde noch um einen Schein bleicher. Sie sagte kein Wort, und ihr Blick, in dem nun eine leise Bangigkeit aufstieg, suchte den Boden. Der Pastor riss wohl in jeder Minute die Uhr aus der Tasche.

„Fällt nach einer Viertelstunde das Wasser nicht, dann müssen wir unser Kleinchen aus seinem Bette holen und mit ihm auf den Boden flüchten", dabei strich er sich erregt über das Blondhaar, das heiß und feucht an der Stirn klebte.

„Christ Kyrie, Christ Kyrie!
Komm zu uns auf die See!"

Bange, schwere Minuten verstrichen. Da! – Was war das?

Durch die Luft kam es wie wimmernde Klagelaute. Da wieder! – Jetzt deutlicher. Es waren zitternde Glockentöne.

„Gottlob!" Das Ehepaar sprach's wie aus einem Munde. „Der Wind ist umgesprungen!" Und sie gaben sich die Hand.

„Woher wollt ihr das hier in der Stube wissen?", fragte voll ungläubigen Staunens der Freund.

„Der Sturm ist mehr nach Norden gegangen, er fängt sich jetzt im Balkenwerk des offenen Glockenturms. Dabei beißt er sich jedes Mal am Glockenseil fest, das nun anschlägt, und dadurch entsteht der seltsame Klageton. Aber wenn dein Ohr auch nicht geübt genug wäre, diesen dünnen Laut zu vernehmen, du müsstest doch gleich wissen, dass der Sturm umgesprungen ist. Hörst du denn nicht, wie jammervoll das Vieh in den Nachbarhäusern brüllt? Bis dahin hörten wir es doch nicht."

„Warum ist denn das Vieh so furchtbar unruhig?", fragte der Freund. Seine Stimme, seine Miene drückten keineswegs mehr die helle Freude am Erleben einer Sturmflut aus wie etwa vor fünf Stunden. Tiefer Ernst lag nun auf dem krankhaft schmalen Antlitz, und seine Hände zuckten nervös.

„Das Vieh brüllt, weil es bis unter den Bauch im Salzwasser steht, vielleicht stehen sie auch noch höher darin", erwiderte der Halligpastor. „Und die Schafe hörst du nicht blöken, weil sie nicht mehr in den Ställen, sondern alle vermutlich in den Küchen und Norderstuben sind. Die im Stalle verbliebenen sind rettungslos ertrunken."

Die beiden standen am Fenster und sahen in die Flutmassen, die graugelb und weniger schäumend deutlich den Eintritt der Ebbe anzeigten. „Gott sei Dank, es ebbt!", sagte der Pastor, und eine beredte Stille antwortete ihm. Die Standuhr verkündete mit dunklem Schlag die dritte Morgenstunde.

„Wie mag es auf Habel und Gröde aussehen?", fragte halblaut der Pastor. Niemand konnte ihm Antwort darauf geben. Oft, oft hatte er in der Nacht heiße Wünsche und Gebete nach den kleineren und noch mehr gefährdeten Halligen seiner Gemeinde geschickt. Welch grauenhafte Verwüstung mochte auf Habel angerichtet sein! Wenn nur kein Menschenleben gefordert worden!

Der Pastor trat aufatmend vom Fenster weg. „In einer Stunde können wir versuchen, die Haustüren zu öffnen. Das Wasser ebbt sichtbar. Es besteht keine Gefahr mehr", sagte er mit Nachdruck zu seinem Freunde.

„Ja, weißt du, Robert", entgegnete dieser freimütig, „gestern Abend, da machte mir die Sache zuerst direkt Spaß; deine Erregung und dann die kurzen, schroffen Anweisungen konnte ich überhaupt nicht begreifen, und ich war nahe daran, dir deine herrischen Befehle übel zu nehmen. Mit steigender Flut ist auch ganz im Stillen mein Verständnis wie meine Angst gewachsen. Du, wenn es anders gekommen wäre! Es würde mir nicht ganz leicht geworden sein, so jung schon durch das dunkle Tor zu müssen."

„Ja, die Gefahr war nicht gering. Wäre das Wasser noch einen Fuß gestiegen! Was dann gekommen wäre, wissen wir nicht. Wir wissen auch noch nicht, was wir nachher zu sehen und zu hören bekommen."

Er trat an den Sessel und beugte sich liebreich zu seiner Frau. Sie horchten beide angestrengt nach dem Kinderzimmer, aber kein Laut drang daher.

Bald darauf öffnete der Pastor weit die Norder- und Südertüren. Mit großen, starken Reiserbesen wurde das aufgestaute Wasser von der Vordiele zum Hause hinausgefegt.

Der Zugang zur Küche war nun frei. Aber wie verheerend hatte der Sturm in Ankes sonst blitzblanker Küche gewütet! In dem kniehohen, schlammigen Wasser, das herausschoss, schwammen sämtliche Wintervorräte, die gut verwahrt im fest verschlossenen Küchenschrank gelagert hatten. Die starke Tür war von den Wellen eingedrückt worden, und das salzige Wasser hatte alles hinausgespült und gänzlich verdorben. Die weiß lackierten Küchenmöbel und die Kochgeräte polterten mitten darin.

Nachdem das Wasser abgelassen und der Boden notdürftig gefegt war, entnahm Anke mit Hilfe der Pfarrfrau einer eisernenen Lade trockenes Holz und Streichhölzer und legte Feuer an. Dann bückte sie sich nach dem verschlammten Wasserkessel, reinigte ihn gründlich und brachte Teewasser zum Kochen.

Als das geschehen war, gingen alle vier daran, etwas Behaglichkeit in die Wohnstube zu bringen. Das war eine mühsame Arbeit! Denn weil das Wasser nicht ablief, musste es herausgeschöpft werden. Der Fußboden sah zum Erschrecken aus; wohin man trat, stieß man auf Schlamm, Muscheln und tote Regenwürmer. Die Fensterscheiben, sonst spiegelblank, starrten außen von Schmutz. Loses Reet, das der Sturm in Mengen vom Dache gerissen hatte, war mit schwarzer, zäher Kleierde vermischt und klebte in faustgroßen Stücken an den niedrigen Scheiben.

Nach mehrstündiger tüchtiger Arbeit stand dann im sauberen, geheizten Wohnzimmer der Frühstückstisch gedeckt. Es würde gewiss allen gut schmecken nach einer solchen Nacht, dachte die sorgende Hausfrau und schob noch eine Schüssel mit geräuchertem Schafschinken dazu.

Freilich, ob der etwas verwöhnte Gast wie sonst mit Behagen eine Tasse Tee nach der anderen schlürfen würde, blieb noch abzuwarten; denn dieser Tee war mit Salzwasser gekocht, weil sämtliche Brunnen der Hallig voll Meerwasser gelaufen waren. Und so würde es noch wenigstens eine ganze Woche gehen, Mittag- und Abendessen mussten darin zubereitet, Tee und Kaffee damit aufgebrüht werden. Dann erst würden die Brunnen und Fethinge durch Siele abgelassen und durch hoffentlich baldigen Regen wieder mit frischem Wasser angefüllt sein. Dass nun die Gerichte und Getränke während dieser Zeit gut schmeckten, würde niemand behaupten. Doch was pflegte ihr Mann zu sagen: „Es gibt Schlimmeres als das."

Eben trat er zu ihr und hüllte sie in ihren weiten, warmen Mantel. „Du musst mit mir auf den Kirchhof gehen. Aber sei stark."

„Sofort, ich möchte nur noch schnell nach unserem Puttchen sehen. Wie ruhig und artig war das Kleinchen doch diese Nacht." Das zweijährige blondlockige Töchterchen schlief indes noch immer seinen festen Kinderschlaf, und behutsam schloss die junge Mutter wieder die Tür.

Sie ging an der Seite ihres Mannes durch den verheerten Südergarten. Das Staket lag am Boden. Sträucher und kleine Bäumchen waren umgeweht. Das Dachreet lag fußhoch auf Wegen und Beeten und war mit Seetang, Schlamm und Muscheln überdeckt. Die Gartenstühle und Bänke waren entzweigeschlagen und versperrten den Weg zum Kirchhof.

Welch eine Verwüstung die Stätte des Friedens! Der Blitzableiter war vom kleinen Kirchlein losgerissen und hatte beim Niederschlagen zwei Kreuze zertrümmert und verbaute nun mit seinem langen Draht grotesk den Weg zum Gotteshause. Die Grabgitter und Einfassungen waren verschwunden, die Grabsteine und Kreuze umgeworfen und die Hügel ausgehöhlt, bei einem besonders niedrig gelegenen so tief, dass der Sargdeckel sichtbar war. Die Pfarrfrau sah erblassend die Zerstörungen und fragte mit stockendem Atem: „Und unser Grab?" Dabei sah sie mit tränenverdunkelten Augen nach dem Glockenturm.

„Es ist verhältnismäßig mit am besten geblieben." Sie standen vor dem kleinen Hügel. Das Kreuz war unversehrt, nur die feste Sandsteineinfassung war gelockert. Die rechts und links davon liegenden waren dagegen schlimm mitgenommen. Das starke Gitter, das den ganzen Friedhof umschloss, war weg, die schweren Eichenpfosten wie Streichhölzer durchgebrochen. Das Dach des freistehenden, offenen Glockenturmes war an einer Seite aufgedeckt, ein einsamer Balken hing droben und schwankte hin und her.

„Wie grauenhaft!", sagte mit leisem Beben die Frau und fasste des Mannes Hand. So gingen sie, wie zwei, die das Leid gemeinsam tragen, wieder in ihr Haus zurück.

Ehe sie ihre Gartenpforte durchschritten, hörten sie ein Hämmern, und sie sahen den Nachbar Frerk Petersen an der Arbeit und grüßten freundlich hinüber. Er mühte sich, seinen halb darniederliegenden Zaun aufzurichten und losgerissene Teile durch neue zu ersetzen.

Der Pastor drückte seines Weibes Hand und fragte: „Sagst du dazu auch: Wie grauenhaft! Sieh dir die rührende Arbeit unseres lieben Frerk Petersen an! Mit welcher Treue arbeitet er jetzt schon wieder an dem zerstörten Werk, und wie oft wird er es wohl schon getan haben.

Nach jeder Sturmflut heißt es von neuem anfangen mit Pflanzen und Bauen, mit Flicken und Befestigen. Welch eine vorbildliche Treue liegt in solcher Arbeit! Kein Murren, kein Trotzen, kein Schelten, kein Zagen! Unverdrossen wird er wieder viele Wochen Karre auf Karre voll Erde fahren, um den gänzlich ausgespülten kleinen Blumen- und Gemüsegarten wieder brauchbar machen zu können. Das ist wahre Heimatliebe, brennende Liebe zur Scholle. Frerk ist doch auch kein Jüngling mehr, er wird 70 und seine Mutter nun bald 95 Jahr. Sind doch ein feines Geschlecht, unsere Halligfriesen, aufrecht, stolz und treu!"

„Und warmherzig bei jedem fremden Leid", setzte die Pfarrfrau mit leuchtendem Blick hinzu.

Ehe der Pastor die Haustür öffnete, zeigte er auf das Vorland. Die vielen Wasser- und Wellenberge waren zurückgerauscht, ein heller Schein lag auf dem verschlammten Lande, und weithin glitzerte die ruhig dünende See.

Die Einsamen

Ein weicher, schwüler Wind strich von der See her und trieb weiße Wolkenfetzen vor sich hin. Die Sonnenstrahlen fielen schon ein wenig schräg und ließen die grünen Fennen der Hallig dunkler aufleuchten. Am tiefblauen Himmel schwebte wie ein Gleichnis aller Menschensehnsucht eine schneeige Wolke, nahm die Form von seligen Inseln an, rastete und zog goldumrändert in die große, feiernde Unendlichkeit.

Um die westlichste, hart an der Halligkante gelegene Warf wob sich ein feiner, goldener Schleier bis dicht über das glitzernde, wogende Meer. Geheimnisvoll glucksten und lockten die Wellen in der lastenden Einsamkeit der Abendstille.

In dem kleinen Südergarten auf Peterswarf blühten und dufteten niedrige Rosen und Reseden hinter einer dichten Fliederhecke; die sturmgebogenen, alten, knorrigen Holunderbäume waren voller Risse und Wunden und scharf nach Osten geneigt; auch die wenigen niederen, silbriggrauen Pappeln waren von den Westwinden zerzaust und gen Morgen gepeitscht.

Aus der grün- und rotgestrichenen Haustür mit dem alten Messingklopfer, über der sich das wie Sammet leuchtende weiche Reetdach wölbte, trat eine hoch gewachsene, blonde Friesin und schritt auf den bequemen Armstuhl zu, in dem in Decken und Kissen gehüllt, aber noch ungebeugt, eine hagere Greisin saß.

Die Junge fragte mit weicher Stimme:

„Ist es Olk auch nicht zu kühl hier im Garten?"

Ein kaum merkliches Kopfschütteln war die Antwort.

„Dann möchte Olk noch nicht hineingebracht werden? – Soll ich Mutter Bescheid sagen?"

„Nicht nötig, Maria, ich will noch draußen bleiben."

Die Siebenundneunzigjährige schlug das Brusttuch dichter zusammen, zog die Decke fester um die Knie und nickte der Urenkelin mit müden Augen zu. Maria strich scheu und behutsam über die alten, zitternden Hände, die gefaltet im Schoße lagen, und glitt wie mit schwebenden Schritten aus der Gartenpforte. Letztes Sonnengold wob eine Glorie um die mädchenhafte Gestalt und blieb auf der schimmernden Flechtenpracht, die das schwarzseidene Fransenkopftuch freiließ, wie gesponnenes Gold liegen, bis sie die Tür des nahe gelegenen Leuchtturms aufgeklinkt hatte.

Der feurige Sonnenball sank ins Meer, und in demselben Augenblick fiel aus den blanken Scheiben des Turmes helles, gelbliches Lampenlicht weit auf die See hinaus. Olk sah mit blicklosen Augen auf den breiten Lichtschein, der leuchtend auf den flimmernden Wellen lag. Sie hatte ihn bald hundert Jahre allabendlich gesehen, und all ihr heißes Sehnen nach dem viel helleren Schein der ewigen Heimat war bis heute ungestillt geblieben. Ihre bald fünfundsiebzigjährige Witwenschaft trug sie klaglos und ohne Murren. Die See, die allzeit gierige See hatte den Mann gefordert, noch ehe sich der Hochzeitstag gejährt. Ihrer Tochter war dasselbe Herzleid widerfahren, und

Marias Mutter hatte auch nur ein so kurzes Glück gekannt. Sie hatten alle ein Seemansgrab tief unten auf dem Meeresgrunde gefunden, und die Frauen waren still und stumm geworden.

Verstummt war die Luft, verstummt war ihr Leben unter der grausam kalten Härte des Schicksals. Karg und kurz waren die wenigen Worte, die bei dem Tageswerk gesprochen wurden, und dass bei den Mahlzeiten eine gefragt oder erzählt hätte, kam ganz selten nur vor.

Aber sie lebten, die vier Frauen, lebten das einsamste Leben auf der kleinen, weltabgeschiedenen, meerumspülten Hallig, und Leben ist Heimatsehnsucht. Immer, immer wieder erwachende Sehnsucht, zu sich selbst zu finden, zur Heimat in sich und zur Seele. Und die viele und mannigfache Arbeit in Haus und Stall floss gleichförmig durch die Tage und Nächte; Stunde um Stunde so regelmäßig eingerichtet wie das Uhrwerk einer großen Standuhr.

Olks Körper und Hände ruhten zwar aus von aller Erdenarbeit. Doch wer, wie sie, eine so lange Fahrt im Lebensschiff mühselig und beladen gemacht hatte, konnte sich das auch gönnen. Ihr reger Geist sprach schon seit Jahren nicht mehr vom Abschiedsschmerz um die Heimgegangenen, nicht mehr von den Kreuzen, die an ihrem langen, einsamen Wege aufgerichtet worden waren, nichts mehr von all den unruhigen Erdendingen; sie schaute alles an wie weltverklärt vom Morgenglanz der Ewigkeit.

Wie bald schon würde ihre siebzigjährige Tochter, die, obwohl erblindet, doch vom Morgen bis Abend saß und emsig spann, in Olks Stelle kommen und das Haus-Priesteramt antreten. Die alten, runzeligen Hände griffen die grobe Schafwolle und Faden so fein und gleich und regelmäßig, dass nur selten der Faden riss. Die lichtlosen Augen würden ja nicht mehr in der Heiligen Schrift lesen können und dennoch, Olk wusste ihr Erbe in gesegneten Händen und in einem stillen, gefassten Herzen, auch wenn ihr Erdenweg schon viele Jahre ganz abseits und in der Dämmerung hinlief und immer dunkler werden würde.

Blieb noch die so früh ergraute Enkelin. Ein leiser Seufzer kam über die dünnen, welken Lippen der fast Hundertjährigen, als sie an die schweren Kämpfe vergangener Jahre dachte, an den Tag, als die Kunde gekommen war, dass der Segler von Westindien nicht wiederkehren würde. Aber nach bitterhartem Ringen war Marias Mutter als Siegerin hervorgegangen und hatte von Stund an an ihrem lauten, lärmenden Webstuhl und ihrem stillen, schweigenden Gottvertrauen Trost und Genüge gefunden. Sie freute sich, als Maria in jenem Mai als glückstrahlende Braut kriegsgetraut wurde, und verhärtete ihr Herz nicht, als in der letzten Mainacht sich der Gonger zeigte. Sie war die Tapferste, als am nächsten Morgen fernher grollender Donner der Geschütze die Halligkante erzittern ließ und die Herzen der einsamen Frauen zutiefst erschütterte.

Es waren noch nicht drei Wochen nach Marias Ehrentage vergangen, da kam die Nachricht, dass der junge Steuermann bei der Seeschlacht vor dem Skagerrak geblieben sei. Da hatte die Mutter ihr verstörtes Kind fest in die Arme geschlossen und mit zuckenden Lippen gesagt:

„Kreuz und Leid und Einsamsein
segnet uns in Gott hinein."

Wohl hatten Marias blaue Augen, deren Feuer sonst immer etwas Verhaltenes und Beherrschtes hatte, noch eine lange Zeit tot und leer aus dem schneeblassen Gesicht gefleht, aber das junge, bräutliche Weib versah auch an jenem dunklen Junitage, dem dunkelsten ihres Lebens, am Abend ihr Amt und tat pflichtgetreu die Leuchtturmwärterdienste. Und hatte es Abend um Abend getan und würde es tun, bis ihre nun schon siebenjährige kleine Inge herangewachsen wäre und es ihr abnehmen könnte.

Die Greisin richtete sich auf und hob den Kopf. Sie schaute über die flimmernden Wellen. Ganz in der Ferne lag, nur noch eben sichtbar, die Festlandküste, in bläulichen Dunst gehüllt. Wie ein dunkler Schatten ragte die größere Nachbarhallig, auf der von einigen Warfen schon stille Lichter herübergrüßten. Sonst meilenweit kein Mensch in der Nähe, nichts als die endlosen Wasser ringsum.

Einsam saß die Greisin mit ihren einsamen Gedanken. Am Abendhimmel, der von einem lichten Graublau und zarten Grün leise übertönt war, funkelte Sternenlicht, das sich mit hellem Widerschein in den nahen Prielen spiegelte.

Es war, als wehte Gottes Odem durch die traumhafte, rätselvolle Stille.

Olk meinte, das dumpfe Knarren der Gartenpforte zu hören, und wandte den Kopf. Stand da nicht Bruder Tod hochaufgerichtet, die Sense lässig über der Schulter, so wie er schon allzu häufig an ihr vorübergeschritten war? Nun hob er mit der rechten Hand das Stundenglas. Da ging ein kinderseliges Leuchten über das welke, hagere Gesicht. Die zitternden Lippen murmelten ein glückhaftes: „Ich komme – – ich – – komme – –!", und freudig folgte Olk dem Rufe.

Günna Bonken

Der Märzhimmel hing fahl und grau, dicht und bedrückend über der kleinen Hallig. Feuchtschwer lastete auch die Luft auf dem einsamen, schweigenden Watt. Unter der Halligkante duckten sich Scharen heimgekehrter Wildenten, und die zänkischen Austernfischer bohrten missmutig ihre Schnäbel mit lautem „Kadick" in den weichen Schlickgrund.

Die Flut kam, und der Flug der Möwen wurde unruhig. Bald flogen kalte Nebelfetzen durch die Vorfrühlingsluft, und mit heiserem Schrei strich ein Schwarm Wildgänse im Dreieckfluge über die graue Nordsee der Festlandsküste zu. Aus dem Meer stiegen dunkle Wolken und nahmen dem Nachmittag schon fast alles Tageslicht.

In der Frühdämmerung ragte die Warf burgartig gespenstig heraus. Zehn Häuser umstanden den großen Fething, nach Westen schlossen sich Pfarrhaus und Kirche an, während im Osten etwas abseits ein Haus stand. Alle Häuser waren mit Reet bedeckt und von gleicher niedriger Bauart.

Vereinzelt fiel matter Lichtschein aus unverhüllten Fenstern. Ein besonders klares, helles Licht schimmerte aus dem Hause im Osten und ergoss sich in langen, breiten Streifen aus niedrigen, bleigefassten Scheiben. Es lief über die kleinen, noch kahlen Beete, hellte über die knorrige Fliederhecke hinweg und nahm im triefenden Nebel einen zittrigen Schein an, bis es endlich auf dem blauschwarzen Wasser mit einem tiefen, stillen Leuchten lag.

Hier wohnte Elke Bonken mit ihrer fünfundzwanzigjährigen Tochter Günna. Melf Olaf Bonken war, als sich der Hochzeitstag zum zweiten Male jährte, auf seiner ersten Ostindienfahrt mit seinem Viermaster untergegangen; er hat seine einzige Tochter Günna niemals gesehen.

Elke Bonken saß und spann. Eintönig klang das Surren des Spinnrades, anschwellend, dann leiser wieder abschwellend wie das Summen einer Biene.

Ein herbes Lebensschicksal sprach aus den scharfgezeichneten Linien des Frauengesichts. In den hellen, grauen Augen lag jene Weite der Auffassung, die man so oft bei denen findet, die ihr Leben führen, wo der Blick sich im Unendlichen verliert. Aufrecht und ungebeugt war ihr Gang, und niemand hätte ihr die sechzig Jahre zugestanden. Sie trug die alte, schöne Volkstracht der Friesinnen. Auch Günna war friesisch gekleidet. Unverkennbar war die Ähnlichkeit zwischen Mutter und Tochter, aber während um Elkes graues Haar ein kunstvoll geschlungenes schwarzes Fransenkopftuch lag, wurde Günnas Flechtenpracht vom satten Gelb reifer Ähren nur teilweise durch ein bunt gesticktes Tuch bedeckt. Ihr Brusttuch war ebenfalls reich mit Veilchen bestickt, und der schwere, schwarze Tuchrock wies einen handbreiten, hellblauen Saum auf. Eine schmale, feine Nase ragte aus dem stolzen Mädchenantlitz. Zwei große, stahlblaue, dicht bewimperte Augen mit breiten, dunklen Brauen ließen auf Tiefe und Klugheit schließen, und der blassrote, energisch geschwungene Mund verlieh dem Gesicht eine ungewöhnliche, liebliche Schönheit.

Günna ließ die großen Messingnadeln sinken und sah versonnen dem dicken, weißen Wollknäuel nach, das auf die glänzend rotbraunen Dielen glitt und sich dann um den geschwungenen Fuß des Beilegeofens wickelte. Auf der vorderen Ofenplatte war in erhabenem Guss die Geburt Christi, an der einen Seite das weiße Urteil Salomos, an der andern das Gesicht Petri zu Joppe dargestellt. Rechts und links vom Ofen befanden sich zwei Wandbetten. Die gegenüberliegende Fensterwand war mit Delfter Kacheln ausgelegt, die in Dunkelblau biblische Bilder und die Jahreszahl 1520 trugen. Alles Übrige waren Holztäfelungen, in tiefem Schifferblau gehalten. Eingelassene Schränke bargen hinter Glastüren kostbares altes Porzellan und Silber. Man hielt am Schönen und Alten fest, modische Nippes oder andere Geschmacklosigkeiten fanden keine Stätte. Zwei rührend schlicht gemalte Schiffsbilder grüßten von der einen Wand.

Die Hängelampe warf ihr helles Licht auf die blendend weiß gescheuerte schwere Eichentischplatte und ließ es unbehindert durch die gardinenlosen Fenster scheinen. Das Feuer knisterte heimlich im Ofen, die hohe holländische Uhr tickte mit harten Schlägen im Gehäuse, und die Lampenflamme summte.

Günna hob die Augen und schaute fragend auf Elke: „Habe ich Mutter eigentlich schon davon erzählt, dass mir Biena Nommensen gestern Ankes Konfirmationskleid gezeigt hat?" Als Elke verneinte, fuhr die weiche, bestrickende Mädchenstimme fort: „Ach, das arme, kleine Stackels! Wie tut mir lütt Anke Leid, die morgen darin konfirmiert werden soll. Sie passt ungefähr zweimal in das Kleid. Gewiss liegt es auch schon von Bienas Großmutter Zeiten her, die vielleicht als junge Frau vor 70 Jahren jemand darin betrauert hat. Schrecklich viel Krepp und Perlenbesatz ist daran, und es hängt Anke wie ein Sack bis auf die Füße. Ich erbot mich, es enger und kürzer zu machen. Aber Mutter kennt Biena ja und auch ihre Art. Sie gab mir barsch und lieblos zur Antwort:

„Dumm Tüg! Was soll die Afferei und Firlefanzerei. Ich bin jetzt Ankes Mutter. Von dem guten und teuren Kleiderstoff was abschneiden, o ha, nein, das wäre doch Sünde und Schande."

Das Gespräch zwischen Mutter und Tochter wurde unterbrochen.

Schwere Schritte stapften über den schmalen, steingepflasterten Weg, der rings um Elke Bonkens Haus führte. Vor der Tür machten sie Halt, und mit dem Messingklopfer wurde Einlass begehrt. Elke griff in das Rad, um es zum Stehen zu bringen, und nahm mit Erstaunen wahr, dass Günnas Gesicht erblasste, als sie aufstand, die Türe zu öffnen.

Auf der Vordiele wurde eine erregte Frauenstimme laut, dazwischen klang leises Fragen. Beim Eintritt in die Stube nötigte Günna der Ankommenden ein Paar Filzpantoffeln an und stellte die schweren, feuchten Holzklotzen beiseite.

Mit schriller Stimme und hartem Lachen bot Brodine Levsen guten Abend und nahm in dem Armsessel Platz. Die Verschiedenheit der beiden Schwestern war groß. Elke still und herb und streng, gerecht denkend und handelnd, Brodine laut und robust, derb und unordentlich, trotz ihrer 56 Jahre zu jedem, auch gewagten Späßchen jederzeit aufgelegt, streit- und klatschsüchtig und darum auch ein wenig gefürchtet. Sie war unverheiratet geblieben und wohnte im kleinsten Hause mitten am Fething. Die Stimme konnte scherzhaft sein, besonders wenn sie Neuigkeiten auskramte oder in gemachter Lustigkeit besonders laut und scharf sprach.

„Ihr beiden würdet denn wohl nicht mal vom Weltuntergang was merken, o ha, nein, das tätet ihr sicher nicht."

„Meinst du, dass Günna und ich d e n Ruf wirklich nicht vernehmen und uns nach ihm richten würden?", fragte Elke ruhig. Sie schob das Spinnrad beiseite und legte die Hände müßig in den Schoß. Günna aber schien das Tuch noch fertig stricken zu wollen.

Brodine strich kampfbereit über den Schürzenlatz und tat, als sähe sie den missbilligenden Blick nicht, den Elke auf den weder sauberen noch selbst gewebten Rock warf. Doch als sie fühlte, dass die forschenden Augen immer noch mehr Risse und Flecke entdeckten, verließ sie doch ein wenig die Kampfstimmung, und unbehaglich und kleinlaut entgegnete sie: „O ha, ja, du magst wohl denken, deine Brodineschwester könnte was ordentlicher sein. Du hast ja Recht. Elke, o ha, ja – wie Recht hast du! Aber du weißt doch auch, dass ich schon früher nicht über Nähen und Waschen sein mochte. Und nun sollte ich das jetzt mögen?"

„O ha, Brodine, das ist immer ja Mutters großer Kummer gewesen, und mich macht es auch so traurig, dass du viel lieber strandjen gehst, als dich an die Waschbütte zu stellen. Und dein Herumschnacken in allen Häusern! Vielleicht ist das aber noch schlimmer als das Strandlaufen. Ich könnte und möchte nicht leben in solcher Unordnung."

„Kam Tante nicht, um uns eine Neuigkeit zu erzählen?", fragte Günna mit leiser Ungeduld.

„O ha, ja, lütt Liew, und ob ich das wollte, und erst recht ja noch was mit dir besprechen. O ha – nun denkt euch, da ist schon heute früh vor Hohlebbe Agnete Tadsen von drüben geholt worden. Versteht sich zu Volkert und Grete Johannsen. Wo sollte denn sonst wohl noch der Storch kommen! – Ich, ja, hm – ich war zufällig am Strande. – – – Wir hatten doch fünf Tage lang harten Nordwind und nun Südwind. Da konnte es leicht sein, dass irgendwo Holz lag. Ich habe auch richtig eine feine Luke gestrandet. Da kamen zwei über Watt gelaufen. Ich erkannte sie gleich. Sönke Rickertsen trug Agnetens Tasche. Nachher am Ufer redeten wir noch dies und das miteinander. Bei Volkerts geht das ja wohl nicht vorwärts! Bald nach dem Mittage war ich dort, und nun komme ich auch gerade daher, weil ich fragen wollte, wie es dort stände. Gegen vier sind zwei Nachbarn nach dem Festlande gelaufen, um von da nach Wyk zu telefonieren, dass Dr. Harrsen kommen möchte. O ha ja, was für Umstände und Schwierigkeiten! Die beiden können doch auch erst morgen in der Nachmittagsebbe wiederkommen!"

Brodine hielt im Sprechen inne und sah forschend die beiden Frauen an, die sie nun für genügend vorbereitet hielt auf das, was kommen sollte. „Ich komme nun also direkt daher, und oll Maren lässt anfragen, ob Günna nicht in der Küche helfen möchte. Die Meinung war, dass der Arzt schon in einer guten Stunde da wäre."

Überrascht sah Günna auf, und eine feine Blutwelle lief über ihr Gesicht. Herb schlossen sich die Mädchenlippen, und fragend sah sie ihre Mutter an.

Banges Schweigen lastete auf den Frauen, nur die alte Wanduhr sprach ihr eintönig Ticktack in die schwermütige Stille. Günnas geistesabwesender Blick reizte Brodine, und unvermittelt riss sie mit plumpen Fäusten die Läden weg vor der keuschen Seele: „Dumm Tüg! Zier dich doch nicht lange. Geholfen muss ihnen werden! Warum seid ihr kein Paar geworden? Als verfreit habt ihr, du und Volkert, doch gegolten, seit ihr aus der Schule weg seid. Dein Liebster wird's, weiß Gott im Himmel, schon oft bereut haben, dass er eine Rothaarige und dazu eine Städterin" – – – „Bitte, schweig still", unterbrach Günna unmutig die Rede, stand auf und zog das gefaltete Brusttuch zurecht. „Meint Mutter, dass ich hingehen soll, der alten Maren meine Hilfe anzubieten?", fragte sie gequält. „Ja, mein Kind, gehe hin und hilf ihnen."

Als Günna die Stube verlassen hatte, zog Brodine die Nase kraus, kniff die Augen zusammen und fragte lauernd: „Wie sie das wohl macht, dass man immer bei ihr an den Sommer denken muss; wenn sie auch nur an einem vorbeiläuft, man hat gleich die Nase voll Blumenduft."

„Das ist sehr einfach: Ordnung und Sauberkeit, daneben fleißig lüften und dann, wie Günna tut, zwischen Kleider und Wäsche Bündel von Reseden hängen, dann erreichst du das auch", sagte Elke freimütig. Bald darauf trennten sich die Schwestern.

Günna eilte rasch, ohne nach rechts oder links zu blicken, durch die dunkle Warf und blieb mit klopfendem Herzen vor Volkert Johannsens Haustür stehen.

Sekundenlang zögerte sie, dann trat sie auf die lange, schmale Vordiele, die das Haus in zwei Hälften teilte. Rechts lagen die Ställe. Linker Hand stand die Tür zur Küche halb geöffnet.

Die warme Glut des verglimmenden Holzes auf dem offenen Herde mischte ihr schwaches Licht mit einer runden Schiffslaterne, die am Deckbalken hing. Befremdet sah Günna auf einen weiß lackierten Küchenschrank mit Butzenscheiben, der, seiner Füße beraubt, längsseit bis an die Decke reichte. Ein paar zierliche weiße Stühle mit modischen blumengemusterten Rücken- und Sitzpolstern nahmen sich seltsam genug an dem schweren, alten halbrunden Eichenklapptisch aus, der zwischen den niedrigen, bleigefassten Fenstern stand. Das war doch früher hier nicht so gewesen. Schnell wandte sie sich ab und schritt die beiden breiten Tritte hinauf durch die Tür, in der eine ovale Glasscheibe angebracht war.

Günna befand sich in der Norderstube, auch Kellerstube genannt, die neben der Küche und nach Norden lag. Eine selbst gegossene Talgkerze in einem zinnernen Leuchter erhellte nur spärlich den Raum; aber doch war Licht genug, um festzustellen, dass Marens eigenstes Reich unverändert geblieben war. Das Spinnrad füllte noch immer die Fensterecke aus. Die beiden hohen Armsessel standen samt der Truhe auf ihrem alten Platz. Die Wandbettluken waren noch fest, und ein Christusbild in braunem Kohlendruck von leuchtender Schönheit sprach von seiner ewigen Gottheit.

Neben der Norderstube lag, mit den Fenstern nach Süden, das Schlafzimmer des Ehepaares, und daran schloss sich der Pesel, in dem aber nur noch der Beilegeofen an eine Halligstube erinnerte.

Günna stand noch unschlüssig und an der Oberlippe nagend mitten in der Norderstube. Stimmengewirr drang an ihr Ohr, und zwischendurch vernahm sie ein Stöhnen und Wimmern. Sie zauderte. Noch hatte ihr Kommen niemand gehört, sie konnte ungesehen wieder forteilen. Aber wie würde Mutter die Flucht auffassen? Beherzt griff sie, nach einem leisen Anklopfen, auf die Klinke der Schlafzimmertür und trat ein. „Guten Abend zusammen", wie der Klang einer silbernen Glocke war es. „Guten Abend, Günna", und so behände, wie es der Krückstock erlaubte, erhob sich die alte Maren, Volkert Johannsens Mutter, und begrüßte die Ankommende mit warmem Händedruck.

Günna ging an das frei stehende Bett, nahm die heiße Frauenhand auf und fragte sanft und weich: „Wie geht es dir, Grete? Mutter schickt mich auf Tante Brodines Botschaft her, vielleicht dass ihr meine Hilfe in der Küche gebrauchen könntet."

„O ja, gewiss haben wir Hilfe nötig. Wenn es doch nur erst so weit wäre, o – was muss ich aushalten, und keiner hilft mir. Ach – – –"

Volkert, in dessen Augen beim Eintritt Günnas ein frohes, sieghaftes Leuchten getreten war, sah ratlos von seiner Mutter auf Agnete Tadsen, die, mit einer weißen Ärmelschürze angetan, am Fußende des Bettes saß. Sie aber zuckte gleichmütig mit den Schultern, zog die Stirn in Falten und schwieg.

An dem Strickquast, der am Deckbalken befestigt war, richtete sich die junge Frau auf, aber nur einen Augenblick, dann sank der Kopf, der mit einer ungebändigten Flut brennendroter, krauser Haare umgeben war, jammernd und stöhnend in die Kissen zurück. Agnete nahm das Taschentuch und fuhr über die derben, flachen, schweißbedeckten Züge der Wöchnerin.

„O wie schwer! Hätte ich doch auf meine Mutter gehört und wäre zu ihr nach Husum gegangen!" Dabei blickten ihre Augen hart und kalt, doch dann und wann blitzte es darin auf wie von einer fernen Glut. Volkert sah teilnahmslos an die weiß gekalkten Wände; er hatte den

Ausspruch seit zwölf Stunden zu oft gehört, als dass er noch irgend Eindruck hätte machen können.

Maren hatte Günna neben sich auf einen Stuhl gezogen, und Agnete stand vor der jungen Frau, sie mit einem Wortschwall beruhigend, dass alle Mutterfreuden mit Leiden erkauft würden; auch ihr wäre siebenmal kein Pünktchen an der Qual erspart geblieben. Und sie redete wichtig von den Geheimnissen der Geburt und den Bedrohungen des Lebens durch unbekannte und unsichtbare Feinde, bis es Maren zu viel wurde und sie unmutig dazwischen warf: „Wir wollen aber doch nicht dabei vergessen, dass immer und in jedem Falle Gottes Wille darüber thront." Die so selbstsichere Agnete verstummte für ein Weilchen.

Günna litt seelische Qualen. Hilflos sah sie auf das schmerzverzogene Gesicht der Wöchnerin und wandte sich fragend an Maren, ob sie auch schon einen Imbiss für den Doktor herrichten solle.

Die Kranke hatte nur das Wort Doktor gehört, als sie von Günna herrisch forderte, nach dem Motorboot Ausschau zu halten.

Froh, allem zu entrinnen, verließ Günna die schwüle Krankenstube und trat aus dem Hause. Sie ging am Pfarrhause und an der Kirche vorbei und schritt achtlos durch das frühlingsnasse Gras die Warf hinunter. Der Wind kam von Westen.

Aus dem Meere stieg die Nacht im blauseidenen, sternbestickten Mantel. Günna sog die kühle Luft ein, sie fühlte die feuchte Hand der Nacht auf ihrer Stirn und in ihrem Haar. Aufatmend blieb sie an der Kante stehen, und in regloses Schauen versunken blickten die Augen auf das nahe Meer. Leise glucksten und murmelten die Wellen. Die ersten Sterne warfen funkelnd ihr Licht herab, und wie im Grenzenlosen verloren blinkten und blitzten die Lichter der fernen Insel.

Da hörte sie von weitem her das Rattern des Motorbootes, das auf die Hallig zuhielt, und sie wandte sich, die ersehnte Botschaft zu bringen.

Als sie die Haustür aufklinkte, vernahm ihr Ohr einen fremden kläglichen Laut – da noch einmal – und wieder. Es musste aus dem Stalle kommen. Rasch huschte sie ins Krankenzimmer: „Doktor Harrsen wird in zwanzig Minuten hier sein. – Volkert, kann es angehen, dass eine Kuh bei euch zustellt? Ich meine jetzt eben das gehört zu haben." Ein lautes Durcheinander, Fragen und ungläubiges Verneinen. Alles andere war sofort in den Hintergrund geraten, und selbst das Gesicht der jungen Frau hatte sich belebt. Sie warf eben nachdenklich ein: „Es steht doch im Kalender angeschrieben: die rotbunte Kuh kalbt zuerst, und gerade morgen in acht Tagen, Ostersonntag." Am liebsten wäre sie aufgestanden, um auch mit in den Stall zu gehen.

Volkert war der Erste. Er hob die Stalllaterne hoch, da lag ein mühsam blökendes Kalb in der Rinne, und die Kuh trat unruhig von einem Bein aufs andere. Günna und Volkert bemühten sich um das junge Tierchen, während Maren in die Küche humpelte, um Salz zu holen. Sie stellte die Schale auf die Diele und rief den beiden zu, sie sei nun im Schlafzimmer nötig. Das Kälbchen hatte bald gehörig Salz geschluckt, bekam Luft und konnte nun den Kopf heben.

Günna schlug den Rock hoch, nahm wie selbstverständlich eine Stalljacke und Sackschürze und setzte sich unter die rotbunte Kuh. Schäumend strömte die gelbe, fettige Milch in den Eimer. Volkert machte sich unterdessen an der Laterne zu schaffen, die er umständlich am Deckenbalken befestigte. Der Schein lag voll auf Günnas blonder Flechtenpracht. Der feine, schlanke Hals wurde reizvoll von den schwarzen Seidenfransen des Kopftuches umrahmt.

Volkert stand wie angewurzelt. Ein wildes Begehren sprang in ihm auf. Günna fühlte den Blick, sie presste die blassroten Lippen fester aufeinander, eine tiefe, senkrechte Falte stand zwischen den dunklen Brauen, und die Augen waren fast schwarz. Wie eine gesprungene Glocke klang ihre sonst so weiche und bestrickende Stimme, als sie Volkert um eine Flasche bat, damit das Kälbchen seine erste Mahlzeit bekommen könne.

Volkert trat dicht neben Günna. „Das ist nicht so unbedingt nötig, aber anhören musst du mich jetzt, hörst du", und sein Ton klang überredend, fast bittend. „Lass das, Volkert", wandte Günna ein, „du brauchst, nein, du darfst mir jetzt nichts sagen! Gib mir nun eine Flasche", und ihr Hände machten eine ratlose Bewegung. Volkert stampfte mit dem Fuß auf und sagte gereizt: „Das Kalb wird wohl nicht gleich tot bleiben, wenn es noch etwas warten muss."

Blass, stolz aufgerichtet und unnahbar stand Günna neben ihm, nur ein kaum merkliches Zucken der Hände verriet ihre Hilflosigkeit. Volkert stieß den Milcheimer, der ihm hindernd im Wege stand, rücksichtslos beiseite, und fast der ganze Inhalt der stark fettigen Milch sickerte über den Stallboden. „Günna!", stammelte er, indem er sich gewaltsam ihrer Hände bemächtigte und sie an sich riss. „Du! – O du! Glaubst du, dass ich dich auch nur eine Stunde vergessen hätte!"

Er legte den Arm um sie und zog sie dicht an sich heran. Sie fühlte das heftige, unregelmäßige Klopfen seines Herzens, fühlte, wie jeder Muskel seines Armes sich straffte, wie er sie enger und heißer an sich drückte. Auch ihr Atem ging schneller, und eine Weichheit kam über sie. „Verplempert habe ich mich damals in Husum! Wie kann ein Mensch sich nur so dammlich vertun, wie ich es tat! Waren sechs Monate nicht an Land gewesen und hatte das lasterhafte Hamburger Hafenviertel tapfer überstanden. Dann in Husum! Fünf Tage konnten wir nicht segeln. Da ließ der Sturm nach, aber ich saß fest, es gab kein Zurück für mich. Hat sich was mit Schicksalsfügungen und Gottes Wegen, worüber die alte Kupplerin so geölt redete, als sie glücklich ihrer Tochter und mir die Ringe ansteckte! – O – du! Vergessen habe ich dich keine Stunde, Günna! Und ich habe nie aufgehört, dich zu lieben."

„Ja", knirschte er zwischen den Zähnen, „wenn es auch sinnlos ist, sinnlos, – ich muss es dir sagen. Zu spät ..."

„Nun ist alles gut." Durch ihre Stimme ging's wie ein Jauchzen. „Deine Worte rücken mein Leben wieder zurecht, Volkert."

Irgendwoher kam ein Luftzug und blies das Flämmchen vollends aus. Günna ruhte voll Hingabe und Vergessenheit in seinen Armen, und er sprach leise zur Jugendgeliebten, er zeigte ihr den Abgrund seines verfehlten Lebens und seine Schuld.

Ein Frösteln überlief sie. Unwillkürlich lehnte sie sich fester an ihn, ihr Kopf sank an seine Schulter. Es war, als entglitte der Boden ihren Füßen. Volkert presste sie schmerzhaft an sich. Sie war sein, sie war doch sein!

Da kam sie zu sich. Mit einem Ruck machte sie sich los, so war es nicht gemeint gewesen. Sie kämpfte gegen Tränen. „Geh hinein, Volkert, und sei gut zu Grete. Hab mehr Geduld mit ihr. Meinst du, dass ich ein besonders leichtes Kreuz zu tragen habe? Unter der Last zerbricht man nicht. Was ist schwerer zu schleppen: Leid oder Sünde? Was ist schwerer zu verzeihen, wenn man Kummer oder aber wenn man Schuld über den andern gebracht hat? Heißes Mitleid und Erbarmen ist's, dass ich dich auch Kreuzträger nenne, Volkert." Der Mann antwortete nichts; wortlos blickte er sie an, in der Tiefe erschüttert. Dann wurde sein Gefühl steinern, er biss die Zähne aufeinander und folgte ihr schweigend in die Küche.

Inzwischen war der Arzt gekommen. Er untersuchte die Wöchnerin, stellte dabei fortwährend Fragen an Agnete Tadsen und schickte dann Maren und Volkert hinaus. In der Tür rief er Volkert zurück und sagte: „Es ist eine Narkose notwendig. Den beiden Schiffern unten muss bestellt werden, dass ich länger als zwei Stunden hier zu tun habe. Das Motorboot soll ins Tief gelegt und das Beiboot muss flott gehalten werden." Gern führte Volkert den Auftrag aus. Nur den fragenden Mutteraugen nicht preisgegeben sein müssen und auch Günnas

Nähe erst einmal meiden können, flog es ihm durch den Sinn.

Der Nachtwind strich ihm über die heiße Stirn, runenernst klang das silberne Wellenlied, und am unendlich weiten Firmament zogen die goldenen Sterne ihre ewigen Bahnen. Doch der Mann fühlte und schaute nicht die wundersame Schönheit der einsamen Nacht. Er stand schon eine Weile an der Kante, die Fäuste gegen die Augen gepresst, und stöhnte. Dann, jäh zu sich kommend, führte er seinen Auftrag aus.

Der Wind lief von der See herüber und jagte seinen Ruf wieder zurück. Da legte er beide Hände an den Mund und rief, so laut er konnte. Endlich hörten die Schiffer seine Botschaft und antworteten, es werde geschehen.

Volkert wandte sich nun und ging mit müden, schweren Füßen wieder in sein Haus hinein. Ein schlafender Vogel zirpte im Traum, dann war wieder alles still, nur die Flut rauschte ein Nachtlied um die Hallig.

Maren und Günna waren in der Küche beschäftigt, einen Imbiss für den Arzt herzurichten. Volkert stellte ein paar Fragen, aber Günna blickte so kühl und beherrscht an ihm vorbei, und ihre Antworten waren so gelassen, dass er seine Ruhe wiederfand. Er nahm den Volkskalender vom Nagel, setzte sich auf einen Stuhl und schlug behäbig die Beine übereinander. Dabei horchte er doch angestrengt auf die Worte, die Maren mit leiser Stimme sprach: „Wir mussten richtig dagegen an, heute früh, dass wir die Tür, die von meiner Stube aus in ihr Schlafzimmer führt, wieder öffnen durften. O ha ja, was hat die Grete für einen eisernen Kopf. Als sie als junge Frau hierher kam, war das ihr erstes, Volkert musste die Tür mit langen Nägeln und Krampen fest verrammeln; es wäre ihr genierlich, wenn ich alte Frau aus meiner Norderstube so direkt hineinkommen oder -sehen könnte. O ha, Günna, als ob ich das wohl auch nur einmal getan hätte! Aber heute Morgen", fuhr sie bekümmert fort, „das war ganz schlimm! Ich bestand darauf, dass die Tür für acht Tage geöffnet werde. Ich mische mich sonst niemals in die Angelegenheiten der jungen Leute. Als Volkert sie mir als Schwiegertochter brachte, sagte ich nach einigen Wochen zu ihm: Wie man sich bettet, so liegt man. Aber ich lebe seit der Zeit wie eine Fremde im eigenen Hause. Ehe Agnete hier sein konnte, wollte ich sie in aller Güte zur Vernunft bringen, dass ich mit meinem kümmerlichen Bein doch viel schneller nach ihr und dem Kindchen sehen könnte, als wenn ich erst durch die ganze Vordiele und dann durch den Pesel humpeln muss; sie hatte richtig Schaum vor dem Mund stehen, als Volkert Krampen und Nägel herauszog und …"

Maren konnte den Satz nicht vollenden, die Stimme des Arztes rief alle in die Gegenwart zurück. „Heißes Wasser, bitte! Wenn es sein kann, kochendes", bat er, eine Schüssel hinhaltend. Die hohe, schlanke Männergestalt musste sich unter der niedrigen Tür mit dem Glasausschnitt tief bücken. Dr. Harrsen hatte den Rock drinnen abgelegt, das ärmellose Hemd ließ die Arme ganz frei. Eine große Hornbrille verdeckte die Augen, und um die bartlosen Lippen zitterte eine leise Ungeduld, als ginge das Wassereingießen nicht schnell genug.

Die alte Maren bewegte ihren Krückstock vorsichtig rasch weiter und fragte mit sorgender Stimme, wie es drinnen stände. „Ich kann noch gar nichts sagen, oll Maren, hoffentlich bringen wir die junge Mutter durch." Eilig machte er die Tür hinter sich zu, und man hörte seinen elastischen, federnden Schritt auf den leise knarrenden Dielen der Norderstube. Dann fiel die Schlafzimmertür ins Schloss.

Träge schlichen die Minuten und dehnten sich zu Ewigkeiten. Die eilige Kuckucksuhr zwischen den Fenstern tickte nicht mehr; niemand hatte ihr Stehenbleiben gemerkt oder verhindert. Aus dem Krankenzimmer drang kein Laut, keine Unruhe zu den drei Menschen, die untätig in der Küche saßen und die lähmende Stille beklemmend empfanden. Volkert blätterte schon längst nicht mehr im Kalenderbuche, seine Arme hingen schlaff am Körper herunter, und bang und sorgend hefteten sich die Augen der Frauen auf die Tür. Die bis dahin matt erhellte Norderstube lag nun dunkel; vielleicht war die Talgkerze schon niedergebrannt, oder ein Luftzug hatte die Flamme ausgelöscht.

In das qualvolle, unerträgliche Schweigen klang wieder das Knarren der Dielen, und hinter der ovalen Glasscheibe ward eine Hand sichtbar, die nach der Klinke tastete. Volkert stand auf und öffnete die Tür. Der Arzt hatte den Rock wieder angezogen. Helle Schweißtropfen perlten auf seiner Stirn: „Ja, hm – hm" – ein wenig zitterte seine Stimme – „eine frohe Nachricht kann ich nicht bringen. Das Büblein ist da, es atmet aber nicht, tot geboren." Dabei sah er mit forschenden Augen Volkert an, der mit unbeweglichem Gesicht vor Doktor Harrsen stand. Voll Mitleid legte er ihm die Hand auf die Schulter. „Tut mir Leid, selbstverständlich ist's schmerzlich, nicht wahr, Mutter Maren? Hm. – Aber die Hauptsache ist nun doch einmal, dass die Frau durchkommt."

Bestürzt und erschrocken fragte Maren: „Meint Herr Doktor denn, dass da noch etwas im Wege ist?" – „Ja und nein, müssen's abwarten", lautete die ausweichende Antwort. „Wussten Sie, Volkert, dass Ihre Frau an Epilepsie leidet? Sooo – hm – hm –, ja, das habe ich mir schon gedacht", erwiderte er gedehnt auf Volkerts ausführliche Erklärung, dass er bis zu diesem Morgen nichts gewusst. Der Arzt zog die Uhr aus der Tasche: „Es ist gleich zwölf Uhr; die Schiffer erwarten mich zwar noch nicht, ich möchte aber doch in einer halben Stunde ins Boot. Ja, danke sehr, eine Tasse Tee nehme ich gern."

Er folgte Günna über die Vordiele in den Pesel. Während sie eine Messinglampe auf den runden Tisch stellte, nahm er mit sichtbarem Schaudern in einem roten Plüschsofa Platz. „Das ist ja etwas Gräuliches, diese so genannte Bestestubeneinrichtung in einem schlichten Hallighause. Gibt es wohl was Geschmackloseres als diese Möbel", schalt er in ehrlichem Zorn, „und die tausend Kinkerlitzchen und Scheusälchen. Viel mehr Kitsch findet man so leicht nicht auf einem Haufen. Herrgott noch mal, diese grässlich süßlichen Bilder, es ist ja, nun, um – –" Der Ausspruch wurde nicht vollendet. Er nahm die Brille ab, putzte sie sorgfältig und fragte Günna nach dem Ergehen ihrer Mutter und nach Sonstigem und hatte wie immer seine helle Freude an ihren klaren, klugen Antworten. „Gott sei Dank, Günna Bonken, Sie entschädigen mich. Sie sind und bleiben echt." Es war ihm ein ästhetischer Genuss, wie sie ihm die Tasse füllte und belegte Brötchen und goldgelbe Knerken anbot.

Günna brachte mit Geschick das Gespräch auf seine Altertümer, und ließ sich von ihm, der als leidenschaftlicher Sammler alter friesischer Kostbarkeiten weit bekannt war, von neuen Erwerbungen erzählen.

Die Zeit verstrich. „Nun hätten wir uns beinahe verplaudert, Günna Bonken." Dr. Harrsen erhob sich und verabschiedete sich mit warmem Händedruck. Nachdem er drinnen noch einmal nach der schlafenden Wöchnerin gesehen hatte, schritt er in Volkerts Begleitung aus dem Hause. An der Pforte wandte er sich um und sagte zu Agnete, die ihm seine Tasche gepackt und bis dahin getragen hatte: „Sie sorgen dafür, Frau Tadsen, dass das kleine Würmchen bald entfernt wird, unter allen Umständen, ehe die Wöchnerin erwacht." Er legte grüßend die Hand an die blaue Schirmmütze und holte Volkert auf dem schmalen, steingepflasterten Wege ein.

Die beiden Männer schritten durch die Märznacht der nahen Kante zu. Eine schlaftrunkene Möwe fuhr aus ihrem zu ebener Erde gelegenen Nest auf und weckte durch ihr Geschrei die schlafenden Gefährten, die kreischend und lärmend dahinschossen.

Sachte war der Mond herausgekommen. Im Tief lag das Motorboot, als sei es an der silbernen Mondbrücke verankert.

Der Arzt verlangsamte absichtlich seinen Gang. „Ich

habe noch ein ernstes Wort zu sagen: Volkert, das Leben Ihrer Frau hängt nur noch an einem seidenen Faden. Sie darf in der nächsten Zeit keinerlei Aufregung haben. Das mit dem Kindchen müssen Sie ihr ganz schonend beibringen. Und niemand anderes muss dabei sein.

Ich weiß, Eure Ehe ist nicht die glücklichste. Ganz klar sehe ich da nicht, aber die Frau hat irgendeinen Verdacht. In der Narkose redet ein Mensch wohl mal Derartiges. Sie wissen nun Bescheid.

Und nun noch einmal: es steht ernst um Ihre Frau. Ich habe Frau Tadsen von meinen Befürchtungen gesprochen. Ihr könnt mich jederzeit wieder herrufen. Aber die Hand ab von Günna Bonken, hören Sie, Volkert! Sie ist das schönste und stolzeste Mädchen."

„Jawohl", murmelte der Halligfriese, ganz benommen von dem eben Gehörten. Sie waren am Ufer angekommen, und der Ruf des Arztes drang in die Stille der Nacht: „Hallo – Hallo!" Ein Wort klang zurück, und aus dem schimmernden Silberstreifen ruderte das Beiboot mit leichten, flimmernden Schlägen auf die Wartenden zu.

„Herr Doktor muss auf dem Schlickfänger längskommen! Das Wasser läuft uns weg, und wir können dann bis morgen Mittag hier sitzen", rief der alte Schiffer laut. Von Volkert begleitet, schritt Dr. Harrsen über die dunklen Pfahlbuhnenköpfe, die wie ein Himmelssteig aus silbrigen Fluten ragten.

Volkert stand fröstelnd an der Kante. Die Ruderschläge verloren sich in der Ferne, dann ratterte der Motor, und wieder Stille und Schweigen.

Er sann über die Worte des Arztes nach, senkte den Kopf und nagte an seinen Lippen. Alle Belebtheit war von seinem Gesicht geschwunden. Mit finsteren, starr gewordenen Augen sah er ratlos in den Sternenhimmel, der in wunderbarer Schönheit glänzte. Da löste sich droben aus der seligen Unendlichkeit ein Funken, zog in weit geschweiftem Bogen seine goldene Bahn und erlosch. Dem Manne schauerte plötzlich in der Kühle der einsamen Nacht, es kroch wie Todesgrauen an ihn heran, und er hastete planlos über die Hallig nach Hause.

Agnete Tadsen saß gewichtig auf den breiten Stufen vor der angelegten Tür und berichtete mit einem ungeheuren Wortschwall den beiden Frauen in der Küche von dem Verlauf der drei letzten Stunden, ohne dabei zu vergessen, sich in den Mittelpunkt zu stellen.

Endlich versiegte aber auch dieser unermüdlich plätschernde Redestrom einmal, und als sie in das alte, faltige Frauenantlitz sah, rührte sich Mitleid in ihr. Sie führte Maren und Günna durch die Norderstube in das Schlafzimmer.

Ein süßlicher Chloroformgeruch haftete der nur erst notdürftig aufgeräumten Krankenstube an. Auf zwei Stühlen stand ein kleiner Korb, und darüber hing ein Handtuch. Die drei Frauen traten so leise auf, dass man es nur an der geringen Erschütterung der Dielen, die alt und ausgetreten waren, merkte. Mit einem wehleidigen Zug legte Agnete den Zeigefinger an die Lippen und hob mit der anderen Hand den einen Zipfel des Handtuches.

Da lag das winzige Menschlein, bleich und kalt, mit eingesunkener Brust. Das kleine, schmale, gelbliche Gesichtchen war von rötlichen Ringelhaaren umrahmt.

Erschüttert legte Maren ihre alte, zitternde Hand auf das Körbchen und blickte tränenlos auf die dicht geschlossenen Augen, die sich nicht dem Licht geöffnet hatten. Der erste Enkel! Was sie sich selbst nicht eingestanden hatte, an dem kleinen, starren Leichnam fühlte sie, was sie von seinem Kommen und Dasein für alle erhofft hatte. Schweigend, um die unruhig schlafende Grete nicht zu stören, verließen sie das Gemach.

Volkert war noch nicht zurück. Günna redete Maren zu, sich Ruhe zu gönnen. Auch Agnete riet ihr zu. Mit kauenden Backen stand sie vor dem Küchenschrank und leistete im Essen Erstaunliches. „Wenn ich satt bin, setze ich mich in den Lehnstuhl drinnen. Der steht am Fenster, und das schließt sowieso nicht gut, so habe ich immer ein bisschen frische Luft, mit vollem Magen kann ich leicht zwei Nächte durch wachen", prahlte sie, „nur richtig satt muss ich sein! Mein Beruf bringt das so mit sich, diese paar Stunden zu wachen, oha ja, das ist eine Kleinigkeit. Ich habe ja auch erst noch allerlei drinnen zu tun." Selbstzufrieden und satt wischte sie sich mit dem Handrücken über den Mund und verschwand in der Krankenstube.

Günna hatte in der Norderstube einen kleinen Lichtstumpf angezündet und half nun Maren liebreich beim Ausziehen. Sie nahm einen Stuhl, setzte sich darauf vors Wandbett und nahm die alte Frauenhand in ihre beiden. Von Zeit zu Zeit strich sie sachte darüber hin. Das Lichtlein war im Verlöschen. Wie gebannt ruhte Günnas Blick auf dem Christusbilde, dessen milde und erbarmende Augen wie durchleuchtet von einer heiligen Liebe auf sie niederschauten.

Das Licht war niedergebrannt, und Günna merkte, dass Maren eingeschlafen war. Behutsam stellte sie den Stuhl fort, schloss leise die Luken des Wandbettes und trat durch die Tür auf den breiten Tritt, vom Licht der Küchenlampe ein wenig geblendet.

Nur jetzt unbemerkt aus dem Hause können, ohne noch von Volkert gesehen zu werden!

Doch da trat er auch schon ein. Lähmend fiel die Angst über Günna. Sein Haar war vom Nebel durchfeuchtet und hing ihm wirr um die Schläfen. Das Sieghafte war aus seinem übermütigen Gesicht geschwunden und hatte einer tiefen Niedergeschlagenheit Platz gemacht. Die strahlenden Blauaugen schauten bekümmert auf Günna und waren dunkel umschattet. Müde bogen sich seine Lippen, und die Schultern senkten sich wie unter einer schweren Last.

Günna machte in ihrer Hilflosigkeit eine Bewegung, als ob der Boden unter ihr nachgegeben hätte. Minutenlang standen sich die beiden jungen Menschen stumm gegenüber. Dann brach Volkert das Schweigen und sagte mit müder, bebender Stimme: „Du willst nun gehen, Günna Bonken, und wirst deinen Fuß nie wieder über die Schwelle meines Hauses setzen, und du tust gut daran." Dumpf ließ er sich auf einen Stuhl fallen, der vor dem Klapptisch zwischen den Fenstern stand, und legte mit einer verzweifelten Gebärde seinen Arm darauf.

Günna trat einen Schritt näher und zögernd noch einen. So tiefunglücklich hatte sie ihn noch nie gesehen, und ihre Liebe siegte. Ihre Augen fanden sich, heiße Not und heißes Erbarmen zuckte herüber und hinüber.

In bleischwerer Dumpfheit fiel Volkerts Kopf auf seine Hände. Ein scharfer, atemraubender Schmerz durchfuhr Günna, und ihre Arme umklammerten seine Schultern. Ihr Kopf neigte sich zu ihm, von Mitleid erfüllt, und mit ihrer silbernen Glockenstimme bat sie weich: „Volkert, Volkert, du darfst nicht so verzweifelt sein. Wie tut ihr drei Menschen mir Leid! Sei du stark! Der Schmerz um das tote Kindlein wird dich und Grete wieder zusammenführen. Du musst das nur auch wollen, Volkert."

Irgendetwas ließ sie nach der Tür schauen. War es ein Geräusch, ein Klang, ein Laut? Günna wusste es nicht, aber irgendetwas zwang sie, das zu tun. Voll und unentwegt hefteten sich die blauen Mädchenaugen auf den Glasausschnitt, während ihr Arm wie eine Fessel um seinen Hals lag und ihn am Aufstehen hinderte.

Da tat ihr Herz einen starken, jähen Schlag. Es war nicht Furcht noch Feigheit, es war die Gewissheit eines Schicksalhaften, das ihr gebot, noch minutenlang so zu verharren, um dann grußlos und fluchtartig das Haus zu verlassen.

Atemlos, wie gehetzt, lief sie durch die noch dämmerige Warf, bis sie erschöpft und an allen Gliedern zitternd in der Stube ihrer Mutter stand. Elkes hageres Gesicht hob sich bleich und übernächtig aus den Kissen. Günna barg aufschluchzend ihren Kopf an Elkes Brust. „Mehm!" Nur das Wort sprach der blasse, zuckende Mädchenmund, und alles war in ihm beschlossen. Was ihr bewusst noch nie geschehen war, geschah: Die Mutter küsste ihr fassungslos weinendes Kind. Dann löste sie behutsam ihren rechten Arm und begann sachte Günna zu entkleiden. Willenlos ließ sie alles mit sich tun und erst, als sie neben der Mutter im weichen, warmen Wandbett ausgestreckt lag, erzählte sie mit kaum wahrnehmbarer Stimme, dann und wann stockend, die Erlebnisse der Nacht, nur den letzten Ausklang verschwieg sie.

Sanft und gütig streichelten die Mutterhände über ihr Gesicht, bis das Gefühl des Geborgenseins den Aufruhr glättete und sie erschöpft einschlief.

Erstes Tageslicht fiel fahl in die unverhängten Fenster der Wochenstube. Agnete Tadsen war eingeschlafen, ohne ihre Pflicht vorher erfüllt zu haben.

Plötzlich erwachte sie mit dumpfem Druck im Kopf aus einem schweren Traum. Der dicke, kurze Hals war ihr ganz steif von dem unbequemen, harten, polsterlosen Sessel. Die empfindliche Kälte, die aus dem schlecht schließenden Fenster strömte, ließ sie fröstelnd zusammenschauern. Erbärmlich und übel war ihr zumute, und sie konnte sich kaum in ihrer Umgebung zurechtfinden.

Eine beklemmende Angst stieg in der Frau auf, die sich schlaftrunken die Augen rieb. Die linke Hand gespreizt über das Doppelkinn legend, schritt sie zaudernd an das Bett der Wöchnerin.

Mit einem grässlichen Schrei, der in ein lang gezogenes, jammervolles Stöhnen überging, hielt Agnete beide Hände vor die Augen. Der Anblick war grauenhaft: Stier und unbeweglich starrten die weit geöffneten Augen, das unbändig rote Haar klebte an der niedrigen Stirn. Das Gesicht trug deutliche Spuren des vorangegangenen Kampfes. In den Armen hielt sie krampfhaft ihr totes Kind.

Agnete riss die Tür zur Norderstube und die Bettluken auf, schrie, stöhnte und jammerte nach Maren und Volkert. Auf der Diele, gerade unter dem Glasausschnitt, sah sie Gretes Taschentuch liegen.

Da fand Agnete ihre Sprache wieder und mit überstürzenden Worten verteidigte sie sich gegen die beiden verstörten Menschen, die halb besinnungslos an das Bett geschwankt waren, und die gar nicht daran dachten, Agnete anzugreifen. „O wie schlimm ist das alles! Oh! Noch nie ist mir 'ne Wöchnerin – –" Sie wurde verhindert, weiter zu lamentieren; Maren hob ihr Gesicht, das einen streng abweisenden Ausdruck trug: „An einem Sterbebett muss es wie in der Kirche sein!"

Ein paar Stunden später klagte die Totenglocke über die Hallig und über das weite Meer. –

Elke hatte die morgendliche Stallarbeit allein beendet. Die drei Kühe zu füttern und zu melken gehörte zu ihren täglichen Obliegenheiten, während Günna sonst die zwanzig Schafe versorgte. An die vierzig weiße Lämmchen waren schon da, und es erforderte viel Arbeit und noch mehr Geduld, ihnen allen zu ihrem Recht zu verhelfen.

Endlich war die Schar gesättigt und befriedigt, und die Mutterschafe trotteten gemächlich aus der Stalltür und grasten die Warf hinunter. Als die beiden letzten sich schwerfällig ins Freie schieben wollten, fasste sie Elke schnell in die graue Wolle und hielt sie zurück. Die mussten noch Lämmer bringen und sollten darum im Stall bleiben. In das mürrische Blöken der sich zurückgesetzt fühlenden Schafe mischten sich die seltsamen hellen Töne der Lämmer, von denen die vier Wochen alten schon allerlei possierliche Sprünge versuchten.

Elke hing Stalljacke und Schürze an den Nagel und ging in die Küche an den offenen Herd, Tee zu bereiten. Dann deckte sie den Tisch für sich und Günna und nahm zwischendurch die Vorbereitungen zum Mittagessen in Angriff, den sonntäglichen Mehlbeutel, der sich mit einem Stück rohen Schinkens im gleichen Topf allein fertig kochte. Sie trat hernach auf die Vordiele und öffnete leise das Fensterchen, das neben der Tür der Stube angebracht war, und schaute auf das Wandbett.

Günna lag noch im tiefen Schlaf. Blass und schmerzverzogen war das Antlitz. Eine scharfe Falte stand senkrecht zwischen den fein geschwungenen dunklen Brauen und gab der reinen Mädchenstirne einen fremden Ausdruck. Prüfend und besorgt ruhte Elkes Blick darauf. Dann schloss sie behutsam das kleine Fensterchen und ging seufzend in die Küche zurück. Sie setzte sich beunruhigt an den Frühstückstisch, aber es blieb alles unberührt, nur hin und wieder führte sie die Teetasse zum Munde.

Elke saß, den Kopf in die Hand gestützt, und sann. Es klopfte an die Küchentür. Einmal, zweimal, beharrlich und nachdrücklich noch einmal. Dann öffnete sich schon die Tür, und ehe die Einsame, die ein wenig zusammengeschreckt war, aufstehen konnte, sah sie Anke Nommensen, die in dem viel zu großen, langen, schwarzen Kleide stak, auf der Schwelle stehen. Sie war lang und schmal, und sah unfertiger und knochiger aus, als es ihre 15 Jahre gerechtfertigt hätten. Das krause, weißblonde Haar war mit Wasser gewaltsam glatt gekämmt. Das blasse Mägdelein sagte in ihrer etwas singenden friesischen Muttersprache ihren Spruch auf, dass Volkert Johannsen grüßen und wissen ließe, seine Frau Grete sei mitsamt ihrem kleinen, tot geborenen Söhnchen heute Morgen gegen 5 Uhr „gesammelt". Die Beerdigung würde noch angesagt.

Mit geketteten Gliedern und dumpfem Druck stand Elke vor Anke. Um Fassung zu gewinnen, hielt sie das Mägdelein am Ärmel fest und sagte mit tonloser Stimme, sie habe das alles nicht recht verstanden; und die Kleine, der in jedem Hause ein verständnisloses, ungläubiges Erschrecken begegnet war, erzählte mit verstörten Augen, bleich und unfrei noch mehr Einzelheiten. Ein tiefer Schatten flog über das alte, knochige Frauengesicht. Wie betäubt ließ sich Elke auf einen Stuhl fallen, sah und hörte nicht, dass Ankes Schritte draußen verhallten.

Erst das einsetzende Trauergeläute, das langsam und

wuchtig über die Hallig klang, riss sie aus ihrem Grübeln. Sie fühlte eine fremde Schwere in ihren Adern und in ihrem Blute, als sie aufstand und in die Stube ging. Mit zitternden Händen schloss sie sachte die Betttüren, als könnte und wollte sie die Schläferin da drinnen beschützen und bewahren, dass ihr Ohr die Botschaft niemals erreichte.

Aber ehe noch die Glocke verstummt war, hatte Günna die Luken aufgestoßen. Sie saß vornübergebeugt und fragte angstvoll: „Die Totenglocke läutet – Mutter, für wen?" Elke wandte sich tief erschrocken ab. Günna krampfte die Hände ineinander: „Mutter, sei barmherzig – sag es!" – „Ja, mein Kind, sei aber ganz ruhig und gefasst", begann Elke, und um etwas Zeit zu gewinnen, erzählte sie von den Krämpfen der jungen Frau.

Ein Wimmern kam über Günnas Lippen. Ihre Augen wurden größer und starrer, und hilflos sank sie zurück: „Ich bin daran schuld, ich habe das auf dem Gewissen. O – Mehm! – ich kann keinen mehr ansehen, alle verachten mich." „Günna, Günna", beruhigte sie Elke und strich ihr gütig über die Augen, „wie kannst du von einer Schuld sprechen. Dich trifft kein Versäumnis. Sei mein gutes Kind und schlaf, schlafe." – –

Elke verließ am Palmsonntag ihr Haus nicht. Es gelang ihr, Günna zu bewegen, dass sie am Montag auch noch das Bett hütete. Von Dienstagmorgen an tat sie aber doch wieder alle ihre gewohnte Arbeit. Wer flüchtig hinschaute, sah vielleicht nur, dass ihr Gesicht blass war, und wurde nicht gewahr, dass die großen Blauaugen in Fernen blickten, hinter denen tiefes, schweres Leid zu dämmern schien.

Die Tage in der Karwoche rannen träge dahin. Unheimlich und dumpf lastete das Geschehene in Volkerts Hause über der Hallig; lautlos und beklemmend still lag die Warf, als wäre sie mit einem Bahrtuche zugedeckt, und selbst das todeseinsame, schweigende Watt schien in Trauer versunken.

Elke rührte mit keinem Wort an die Vorgänge jener Nacht, und Günna wurde bei jedem Besuch, auch wenn nur Brodine kam, unsichtbar, denn Teilnahme und Neugierde segeln leicht unter einer Flagge.

Am Gründonnerstagnachmittag fand die Beerdigung statt. Günna behauptete, starke Kopfschmerzen zu haben, und bat, daheim bleiben zu dürfen. „Das kann nicht angehen", erklärte Elke in ihrer ruhigen und bestimmten Weise. „Es versteht sich von selbst, dass du mitkommst. Du musst auch mit mir hernach bei Maren und Volkert zum Tee bleiben, Günna, genau so wie alle Übrigen, weil das nun mal von alten Zeiten her bei uns auf der Hallig so Sitte ist", fuhr sie unerbittlich fort.

Günna war es, als sollte sie auf ein Schafott gezerrt werden, wie sie neben ihrer Mutter im Zuge der Leidtragenden vom Trauerhause in die Kirche schritt. An der offenen Gruft drang eine heiße Welle so schmerzhaft gegen ihr Herz, dass es wild zu klopfen anfing und vor ihren Augen eine dunkle, gähnende Leere sich auftat.

Unbemerkt eilte sie mit hastigen Schritten vom Friedhof nach Hause.

Als Elke heimkehrte, hatte Günna ihr Bett in die Norderstube verlegt, aus dessen großem Fenster in der Westwand man die ganze Warf bequem überblicken konnte. Auf ihre erstaunten Fragen, warum das, und weshalb sie nicht zum Tee geblieben, erhielt Elke ausweichende Antworten. Kopfschüttelnd zwar, aber doch gewährend, ließ sie ihr den Willen; sie hielt Günna für krank und meinte, durch Güte und Liebe werde sie am schnellsten gesunden. Als es Bettzeit wurde und das zweite Wandbett zum ersten Male leer blieb, dachte Elke bei sich, heute ist ein Tag hin, und morgen wird wieder einer sein. So werden sie alle kommen und gehen, man muss sie nur einzeln nehmen und nicht in Haufen.

Der Karfreitag brach an, grau und nebelverhangen wie die vergangenen Tage. Mit klagendem Schrei flogen Möwen durch den Dämmernebel. Es war, als sei eine angstvolle Unruhe in ihnen, bis ihr wildes Geschrei die ganze Luft abfüllt und sie mit zornigem Kreischen und höhnischem Keckern dem Festlande zuflatterten.

Ein kalter Ostwind hob sich aus der dunklen See, lief durch den grauen Nebel die Warf hinaus und stieß gegen die offene Stalltür. Fröstelnd ging Elke hin, die Luken und Türen festzumachen.

Ihre frühere Energie und Herbheit hatte sich in Langmut und Geduld verwandelt. Auf ihre Frage, ob Günna mit zum Abendmahl ginge, hatte das Mädchen nur ein müdes Verneinen gehabt, und die Mutter war schweigend hinausgegangen, ohne ein hartes Wort zu erwidern. Als sie zum Kirchgang fertig war, legte sie die alte silberbeschlagene Bibel und das Gesangbuch aufgeschlagen auf den Tisch, an dem Günna saß und an ihrer Mutter mit leeren Augen vorbeiblickte, als wäre sie gar nicht da.

In einer aufwallenden heißen Zärtlichkeit legte Elke ihren Arm um Günnas Schultern, und ihre Hand strich liebkosend über die tiefe Falte, die noch immer senkrecht in der weißen Stirn stand. In Günna flutete ein Gefühl, zu sprechen und ihrer Mutter das Herz auszuschütten; schon öffneten sich die aufeinander gepressten Lippen, aber kein Laut ward hörbar. Sie vermeinte plötzlich noch eine andere Gegenwart im Zimmer zu spüren, glaubte ein Paar Augen auf sich gerichtet, die verzehrend ihre Gestalt umfingen. Sie schloss beinahe schmerzhaft und wie in Abwehr die Lider.

Das große Karfreitagabendmahl war beendet. Am Nachmittage begann ein Raunen, Wispern und Achselzucken in den übrigen Häusern: es hatten nur zwei nicht am Abendmahl teilgenommen. Günna und Volkert. Es wurde gerade kein Verdacht ausgesprochen, aber immerhin war man sehr geneigt, Agnetens Versäumnis zu entschuldigen. Sie war doch nicht mehr die Jüngste, o ha nein, das war sie nicht, und hatte selbst viel Schweres durchgemacht und sollte die zweite Nacht durchwachen. Wer konnte sie verdammen, dass der Schlaf sie übermannt hatte? Aber Günna, die extra zur Hilfe geholt worden war, sie hätte bei der Wöchnerin sitzen müssen. Dann wäre das Schlimmste verhütet worden.

Elke litt schwer an Günnas zunehmender Wortkargheit und Scheu. Es gab Tage, an denen diese nicht e i n e Frage an ihre Mutter richtete, und bei jedem Geräusch flüchtete sie in ihre Norderstube und schob hinter sich den Riegel vor.

Trüb und quälend sanken die Tage, indes der Regen rieselte und die Hallig und das Meer in graue Tücher hüllte.

Niemand hatte Günna gesehen, auch Brodine nicht, obwohl sie täglich mehrere Male im Hause ihrer Schwester war. Günna saß stundenlang in der nicht heizbaren Norderstube, vom Fenster zurückgelehnt, doch so, dass sie fortwährend Volkerts Haus im Auge behielt.

Das Wetter schlug um, die Wolken jagten nicht mehr so niedrig und dunkel über den Himmel, Kälte und Regen schwanden, und eines Morgens stand in Elkes leidvollen Augen wieder der unbeugsame Wille von früher. Der Weg, der eingeschlagen war, dünkte ihr nicht mehr gangbar, er war gewiss auch gar nicht der rechte gewesen, denn: So würde Günna niemals gesunden.

In den frühen Morgenstunden hatte die alte Friesin den winzigen Südergarten bestellt, während die Sonne sieghaft hinter dem Festlandsdeich emporstieg. Wie weggewischt waren die nassen, flaumigen Nebel; ein blauer, lachender Tag grüßte das Meer. Die braunen, kleinen Halliglerchen schwirrten jubelnd ins lang entbehrte Sonnenlicht. Der warme, goldene Strahl der Frühlingssonne öffnete die Anemonen und Primeln; der Rhabarber reckte seine roten Fäuste aus dem schwarzen Erdreich, und von der Warf herauf kam das windverwehte Duften verborgener Veilchen.

Als müsse alles Trübe und Dunkle, aller Schmerz und alles Leid mit diesem ersten sonnigen Tage weichen, reckte Elke ihre zusammengesunkene Gestalt in die

Höhe und verließ aufrecht und zuversichtlich die leuchtende Morgeneinsamkeit. „Günna", sagte sie drinnen ernst, „es kann mit dir nicht so weitergehen. Entweder du isst wieder ordentlich, und auch zwischen uns wird es, wie es war, oder wir gehen zu einem Arzt, und das tun wir denn auch schon nächste Woche."

Unbeirrt fuhr sie fort: „Wir schweigen uns um einen Abgrund herum. Ich will dir aber auch das sagen, die Abgründe macht man sich selber. Die sind immer von dem Augenblick an da, wo man an sie glaubt, Günna." Still und versonnen hatte Günna auf die ersten Worte gehört, aber dann flehten die großen Mädchenaugen so herzzerreißend, dass sich Elke stumm vor der Nacktheit der Seelennot ihres Kindes abwenden musste. Da schlug Günna die Augen nieder; ihre Hände krampfte sie ineinander, und mit kaum vernehmbarer Stimme flüsterte sie: „Mutter, ich kann, ich darf ja, ich – – – mich kann keiner mehr achten. Niemand sieht mich mehr an und –" Elke verschloss den stammelnden Mund mit einem Kuss; nur ein großes Erbarmen blieb in ihr, und sie sprach Günna zu, wie einem verirrten, kranken Kinde.

An einem der nächsten Tage geschah etwas Außergewöhnliches. Günna war frischer, aß seit Wochen zum ersten Mal wieder ein Ei und fragte mit wieder Teilnahme verratender Stimme: „Möchte Mehm nicht auch mal gern wieder Fische essen? Mir scheint, es müsse gut fangen an solchen warmen Apriltagen."

In Elkes Brust grünte sogleich ein grünes Zweiglein, sie ließ die Arbeit ruhen und fragte bebend und schämte sich der tiefen Bewegung nicht: „O ha ja, was gäbe ich wohl um Schollen und Butts. Aber wer sollte uns wohl den Fischgarten aufstellen?"

„Das habe ich doch in jedem Frühling getan", versetzte Günna, „warum soll ich's denn nun nicht tun?"

„Fein, lütt Liew, dass du das tun willst!" Und sie besprachen das Wie und Was und gingen ihrer Arbeit nach. Es war eine tiefe Dankbarkeit in Elke.

Als aber die Nachmittagsebbe zu Ende ging und Günna keine Anstalten machte, wurde die Mutter schon wieder schwankend. Sie trat aus der Südertür und sah auf das weite graue Watt.

Vom Meer, das in schmalen schimmernden Strichen in der Ferne lauerte, wehten Frühlingsböen, herb und lenzfroh. „Du müsstest nun aber gehen, wenn du den Fischgarten noch setzen wolltest", hub Elke vorsichtig an.

„Mutter, ich dacht an die Morgenebbe, denn bei dem meist harten Ostwind fängt es nachts doch nichts. Das Frühaufstehen macht mir nichts, und die Stiefel sind doch auch dicht."

Elke erwiderte nichts. Günna wollte gewiss nicht gern gesehen werden, deshalb zog sie die freilich ganz frühe Morgenstunde vor. Vorm Schlafengehen nahm Günna die hohen Wasserstiefel vom Bord und machte sie mit Seehundstran dicht und geschmeidig. Die Mutter nahm die Stiefel in die Hand: „Lütt Günna, ich stelle sie unter den Beileger, dann sind sie morgen früh nicht so ganz kalt."

Ein irres Flackern und Flimmern trat in Günnas Augen. Schließlich war es ja so gleichgültig, ob die Stiefel in der Stube oder an der Kante standen, wenn es nur den einen Erfolg hatte!

Als der Tag graute, wurde Elke durch eine merkwürdige Unruhe wach. Sie richtete sich am Bettband auf und sah durch die unverhüllten Fenster. Es war kein Wetter, um einen Fischgarten zu setzen, und Günna würde gewiss die Zeit verschlafen, dachte sie bei sich und beruhigte sich dabei, denn die Stiefel standen ja doch auch unangerührt auf demselben Fleck.

Unterdessen hatte Günna schon längst barfüßig das Haus verlassen. Es hatte über Nacht gefroren, und die empfindliche Kälte ließ das leicht bekleidete Mädchen zusammenschauern. Der Körper zitterte und bebte, aber sie achtete des nicht. Die Warf und der Priel waren überschritten, die Fenne lag schon hinter ihr, und sie stand tief aufatmend am Halligufer. In den Händen trug sie Busch und Netz. Sie warf einen unsicheren, scheuen Blick auf die im Morgendunst ragende Warf. Nichts regte sich, kein Rauschwölkchen war sichtbar, kein Mensch, der sie zurückholte; da sprang sie auf das schiefergraue Watt.

Der scharfe Ostwind und die bittere Kälte schnitten wie mit feinen Messern Ritzen und Rinnen in die Haut. Mit dem freien Arm strich sie sich das flatternde Haar aus der Stirn. Mit einem Male wurden ihre Augen gläsern und starr und der zuckende Mund frohlockte:

„Die Felsen, die Schlüfte, die tosenden Wellen
sind unsere von alters bestimmten Stellen."

Weiter kam sie nicht. Sie fühlte eine große Schwäche in ihren Gliedern, und wie Nebel legte sich 's um ihre Augen.

Mühsam und oft im Vorwärtsschreiten innehaltend, keuchte sie bis an den Platz und setzte mehr willenlos als bewusst die Buschstecklinge aus und hing das Netz hinein. Sekundenlang blieb sie stehen. Eine tiefe Ruhe kam über sie, und vor ihrer Seele war eine unfassliche Weite.

Dann kroch plötzlich eine unnennbare Angst in ihr gequältes Herz, eine Angst, die sie an die Kante peitschte.

Wie gehetzt flog sie über das Grasland und weiter die Warf hinauf. Unbemerkt öffnete sie die Stalltür; lauschend streckte sie den Kopf hinein, und brach dann in ein gellendes, furchtbares Lachen aus. Eine Weile stand sie auf den kalten roten Backsteinen mit zitternden Gliedern. Das Blut sauste ihr in den Ohren und trat ihr bis in die Augen. Günna Bonken wusste, wie es nun weitergehen würde. War es Befehl oder Schicksal? Eins war es, das wusste sie. Und nichts von Kampf oder Überlegung war in ihr, nur ein Wissen um das Müssen.

Flüchtigen Schrittes eilte sie durch die Küche in ihre Norderstube, und mit einem rätselvollen Blick stieg sie in ihr Wandbett.

Nicht lange danach war Elke aufgestanden. Sie hantierte in der Küche und legte Feuer in den Herd. Verwundert sah sie auf die eigenartigen dunklen Flecke, die durch die ganze Küche auf den hellen Fliesen sichtbar waren. Waren es feuchte Tupfen, oder war es gar Salzwasser? „Der Gonger!", stöhnte die alte Friesin, und die beiden grausigen Worte klangen, als wären sie in weiter Ferne gesprochen. Der „Gonger" war zuletzt vor vierundzwanzig Jahren da gewesen. Da hatte in der dritten Oktoberwoche in drei hintereinander folgenden Nächten nur eine kleine Lache Salzwasser im Pesel gestanden. Am 19. Oktober war der Viermaster ihres Mannes gestrandet, das war hienieden die letzte kurze Kunde darüber.

Gewaltsam riss sie sich von den trüben Gedanken los und goss den duftenden Tee auf. Ein lautes Muhen und Blöken rief Elke in den Stall. Sie öffnete weit die Türen und ließ erst die Jährlinge heraus. Dann schob sie die Hockluken auseinander. Nun suchten die Lämmer selbst schon gierig die vollen Euter und fanden sie schnell und tranken mit wackelnden Schwänzchen so lange, bis sie satt waren und gemächlich von dannen trotteten.

Der Wind war aufgefrischt und brachte empfindliche Kälte mit. Fröstelnd zog Elke das Brusttuch hoch und trat ganz ins Freie, um nachzusehen, ob noch genügend Ebbe war.

Die Flutmassen rauschten aber schon heran. Gottlob, dachte sie und hauchte zusammenschauernd in ihre hohlen Hände und war recht froh, dass Günna ihr Vorhaben verschlafen hatte.

Nach einer Weile klinkte sie vorsichtig die Norderstube auf. Die Bettluken waren noch angelehnt, und still schloss sie die Tür, um die Schläferin nicht zu stören. Als aber eine Stunde nach der anderen verrann, ohne dass Günna aufstand, da ging Elke hin, sie zu wecken.

Günna lag in hohem Fieber. Schwer und keuchend ging der Atem, und ein banges Rasseln kam aus der pfeifenden Brust.

Tief erschrocken legte Elke ihre Hand auf die brennende Stirn, bei der Berührung öffnete Günna ein wenig die Augen und schloss sie unbewusst wieder. Die Mutter war fassungslos und fragte Günna. Die trockenen Lippen huben ein Ringen an, aber nur ein qualvolles Stöhnen entrang sich ihnen.

Am Abend saß Dr. Harrsen vor Günnas Bett. „Eine heftige Lungenentzündung", sagte er kopfschüttelnd und wachte mit Elke die bange, schwüle Fiebernacht durch. Der Mutter Herz krampfte sich zusammen, denn die unruhige Kranke phantasierte viel. Immer ist das Sprechen, hinter dem kein wacher Wille steht, herzbeklemmend und unheimlich.

„Ich hab's – ich – – ich hab's doch nicht getan" – flüsterte der fieberheiße Mund wieder und wieder. Oft, wenn die eiskalten Tücher gewechselt wurden, schlug Günna die Augen weit auf, und es schien sekundenlang, als ob der wirre Geist nicht mehr das Innerste zeigen wollte, aber nur flüchtig kehrte das Bewusstsein zurück, dann sprach sie viel schneller wieder wie zuvor: „Wie bekomme ich's – – doch bald gut – – o ha ja – – wie gut."

Die düster drohende Aprilnacht ging zu Ende.

Wider Menschendenken und -meinen genas Günna, obschon der Sensenmann wochenlang am Kopfende des Bettes stand.

Am Pfingstsonntage konnte sie zum ersten Mal auf kurze Zeit das Bett verlassen. Der Körper war so geschwächt, dass sie sich nur auf einen Stock gestützt vorwärts bewegen konnte. Ein Schatten nur war von der blühenden Günna geblieben, doch der Wohllaut der silbernen Glockenstimme war derselbe. Elke hatte die Pflege allein besorgt; jede Hilfe der Nachbarschaft, selbst Brodines Anerbieten, sie wenigstens einmal nachts abzulösen, lehnte sie freundlich aber bestimmt ab. Es wurde freilich zuerst genug an der unglaublich zähen Energie und Tatkraft herumgerätselt, denn was sie mit ihren Jahren leistete, ging einfach über Menschenkraft, schließlich aber beruhigte man sich nach Halligart mit dem Sprichwort: Aller Kummer wird Gewohnheit. Günnas Menschenscheu nahm erschreckend zu. Sie war durch nichts zu bewegen, in die warmen, sonnigen Süderstuben zu gehen, sondern sie saß wieder stundenlang untätig im Lehnstuhl am Fenster der Norderstube, ein wenig zurückgelehnt, dass sie von draußen nicht gesehen wurde, aber doch so, dass sie Volkerts Haus im Auge behielt. „Dort steht etwas, etwas Entsetzliches!!", so konnte man in ihren Augen lesen. Dann schlug sie irr und wirr beide Hände vors Gesicht, ein Krampf kettete alle Glieder. In ihrem Hirn begann mühsam ein dumpfes, unbewusstes Arbeiten, und alles Licht verschwand und ließ sie in einem unsagbar einsamen Dunkel allein zurück. Nach und nach entspannte sich der Krampf, und nur ein tiefes Grauen blieb in ihr.

Eines Nachmittags nahm Elke den Strickstrumpf, setzte sich neben Günna in die Norderstube und erzählte aus ihrer Kinderzeit drollige Einfälle und Aussprüche. Doch Günna hörte gar nicht zu; ihre Augen irrten in die Ferne und wurden mit einem Male erschreckend leer. Dann wandte sie ihr schneeblasses Gesicht zur Seite und fragte mit ihrer weichen, süßen Stimme: „Glaubt Mutter auch das, was alle meinen, dass ich doch schuld an Gretes Tode bin? Ich konnte und durfte mich doch nicht wieder unter den Nachbarn sehen lassen." Ein Schmerz, ein Schrecken, ein bitteres Leid ohnegleichen durchzuckte Elke. Sie presste Günna an sich und sagte mit erlöschender Stimme: „Nein, nein und abermals nein! So wahr ein Gott im Himmel ist: Ich glaube nicht an deine Schuld, überhaupt an keine Schuld, und kein Mensch hält dich für irgendwie schuldig."

Eine tiefe, köstliche Ruhe kam über Günna. Sie schloss wohl abwehrend die Augen, aber etwas Befreites, Gelöstes lag über ihrem Gesicht, als schaute sie in eine unaussprechlich schöne, selige Weite.

Nach einer Weile sah Elke den Pastor auf ihr Haus zukommen. Sie ging allein mit ihm in den Pesel. Während er bei seinen anderen Besuchen nur vorsichtig erwägende Antworten bekommen hatte, machte sie jetzt aus ihren schlimmsten Befürchtungen kein Hehl. Sie besprachen alles ausführlich, und er schied mit dem Versprechen, bei seinem Bruder, dem Nervenarzt, anzufragen. Der besaß ein kleines Sanatorium in der Nähe; man konnte es in vierstündiger Wagenfahrt (vom Festlandsdeich ab gerechnet) durch die Marsch erreichen, ohne die Eisenbahn zu benutzen.

Es ging alles viel glatter vonstatten, als man befürchtet hatte. Günna setzte der Reise gar keinen Widerstand entgegen. Von Elke bis an das Postboot geleitet, stieg sie gelassen, ja beinahe fröhlich ein. Der Pastor mit seinen beiden ältesten Buben hatte schon auf der Bootsbank Platz genommen.

Die ersten wöchentlichen Berichte klangen hoffnungsvoll. Der Arzt versprach sich viel von einer Kräftigung des Körpers, der überaus geschwächt sei. Die vielen freundlichen Eindrücke und besonders der große, schöne Park, das würde alles mit der Zeit günstig und heilsam wirken, man müsse nur Geduld haben.

Juni und Juli verstrichen.

Da wurden die Nachrichten kürzer und bedenklicher. Das Gewicht ginge bedauerlich herunter, die Patientin nehme so gut wie gar keine Nahrung zu sich, und so sei ihr Zustand doch als recht ernst zu bezeichnen; die Mutter tue gut, die kurze Reise bald anzutreten.

Am nächsten Nachmittage war sie bei Günna. Der Arzt bat sie zunächst in sein Zimmer, um sie auf das vorzubereiten, was ihm unabwendbar erschien.

Warmer Augustsonnenschein flutete in das Zimmer, das zu ebener Erde lag und einen weiten Blick in den großen Garten hatte. Der Arzt saß vor seinem Schreibtisch und bewegte ein Falzmesser hin und her, dazu sprach er mit monotoner Stimme, die etwas Einschläferndes hatte, über die Behandlung vom ersten Tage an.

Elke unterbrach ihn mit keiner Frage. Der Sommerwind blähte die dünnen Vorhänge vor den geöffneten Fenstern. Über den Kiesweg, den eine Reihe breitästiger Kastanien einsäumte, huschte ein flüchtiger Schritt. Aus dem Springbrunnen stäubten und rieselten Wasserstrahlen und machten mit eintönigem Murmeln die Nachmittagsstille fühlbar. Der Doktor gönnte sich eine kleine Sprechpause und fuhr dann in seinem Berichte fort. Er unterließ das nervöse Spiel mit dem Falzmesser und richtete jetzt seinen Blick scharf auf sein Gegenüber.

Elke saß wie unbeweglich, nur dann und wann fuhr die Rechte glättend über die schwere schwarzseidene Schürze, dann klirrten die feinen, silbernen Filigranknöpfe mit hauchzartem Klingkling.

„Ja, und nun, liebe Frau Bonken, will ich mich kurz fassen. Sie werden Ihre Tochter selbst gleich sehen und dann wissen, wie es um sie steht, und dass – – hm, dass es nach menschlichem Ermessen nur noch kurze Tage, vielleicht auch nur noch Stunden sind. Sie hat vor drei Tagen zuletzt gesprochen; ich habe die Worte gehört, der Zufall wollte es. Nichts Besonderes oder Aufschlussgebendes, sondern das, was sie immer in ihrem Dämmerzustande sagte. Sie habe die Ehre verloren, kein Mensch könne sie mehr ansehen, sie sei nun geächtet und verachtet und so fort.

Ich habe Ihnen das ja vorhin schon vorgetragen. Haltlose Anschuldigungen selbstverständlich, es gibt eben Menschen mit solch zartem Gewissen, und die zerbrechen darunter. Nun war Günna vor einer Woche noch einmal geistig ganz klar. Es war nach dem Abendessen, also gegen acht Uhr. Ich habe lange an ihrem Bett gesessen, und sie hat jede meiner Fragen kurz, aber richtig beantwortet. Als ich merkte, dass sie ermüdete, fragte ich nichts mehr, sondern gab der Schwester einen Wink, damit die Patientin schlafen könne. Da erhob sie sich plötzlich und konnte ohne Hilfe aufrecht sitzen. Die bis dahin geschlossenen Augen öffnete sie weit, und immer auf einen fernen Punkt starrend, sprach sie abgerissene Worte. Ich habe sie", setzte er gedehnt hinzu, „nachträglich notiert. Warten Sie!"

Er blätterte in seinem Buch, bis er die Seite fand.

„O – jetzt – ja! Heimdürfen und auch können. Die Glocke läutet – läutet langsam. Alle, alle stehen dunkelschwarz; beim Pastor ... O Volkert ... ja jetzt bückt er sich. Volk ... ert ... er trägt sachte ... mir nach. Die Glocke läutet ... läutet immer noch. Heim ... heimgekommen. Heim ..." –

Aufmerksam sah er in das alte Frauenantlitz, wie es tief erblasste, wie die Hände gespreizt sanken. Er sah das feste, knochige Gesicht schwach und hilflos werden und sah den zusammengepressten Mund seine scharfe Spannung verlieren und die Augen irrend blicken. Und er sah den Mund sich verzerren und leise zittern. Dann straffte sich der Frauenkörper, der Mund öffnete sich, und die Augen sahen ihn unsäglich traurig an. Elke erhob sich mühsam und fragte tonlos: „Sie halten auch meine Tochter für geistesgestört?" – „Ja, für hoffnungslos geisteskrank, wohl infolge von Blutarmut, und wenn Sie wollen, auch in Verbindung mit akuter Leukämie."

Sie reichte ihm die Hand. „Ich möchte nun zu meiner Tochter, Herr Doktor." – –

Es gibt Augenblicke der unbarmherzigen Schicksalsvollstreckung im Leben eines Menschen, wo er sich auf der Gipfelhöhe des Schmerzes glaubt. Dann nimmt das Leid ihn ganz in Besitz, er fühlt sich wie gelähmt, gibt willenlos jeden Kampf auf und schickt sich in ein widerspruchsloses Erdulden.

Ein solcher Augenblick kam für Elke, als sie an Günnas Bett saß. Nach einem jähen Nichtbegreifen des Ungeheuerlichen widerstrebte sie nur noch sekundenlang, dann ward ihr klar, dass sie schon eine Sterbende vor sich habe.

Da brach Elkes Kraft zusammen, mit der sie innerlich um das Einzige gerungen hatte, was sie auf dieser Welt noch besaß. Die ganze in ihr aufgehäufte Müdigkeit, die doppelte und dreifache Arbeitslast des letzten Vierteljahres fiel bleischwer in ihr Blut und machte sie dem Unabwendbaren gegenüber wehrlos und gefügig.

Der Sensenmann, der am Kopfende des Bettes stand, hob langsam das Stundenglas.

Günna lag mit geschlossenen Augen. Die schmale Gestalt hob sich kaum von der Fläche des Bettes ab. Selbst die Lippen in dem wächsernen Gesicht waren farblos, und nur das Heben und Senken der Brust verriet, dass noch Leben da sei. Die beiden blonden schweren Flechten hingen wie schimmernde Bänder über die Kissen. Der zarte Körper war wie hingehaucht in das dämmerige Halblicht des Krankenzimmers.

Träge schlich die Zeit, Stunde um Stunde! Zuerst öffnete die Schwester einen Türspalt und schaute mit fragendem Blick hinein. Auf Elkes Kopfschütteln schloss sich lautlos die Tür.

Einer Statue gleich saß die alte Friesin am Sterbebette. Sie wandte nicht einen Blick von Günna, und ihre Gedanken schweiften ziellos umher, wie Wolken ineinander fließen. Günnas Wesen war ihr so klar, wie das Meer an Sommertagen ist, wenn man durch die schimmernden Wellen alles auf dem Grunde erkennen kann.

Da wurde die stille Krankenstube bestrahlt vom Abendsonnengold. Unwirklich wurden auch die Wände überglutet, und der Himmel lohte, als sei die Ewigkeit herabgesunken. Nun wandte auch Elke einmal den Blick nach der brennenden Glut und den leuchtenden Wolken, die wie selige Inseln in einem Lichtmeer schwammen.

Leise zitternd strich die Sonnenhand über das Gesicht der Schläferin, und Günna schlug die Augen auf. In den blauen Augensternen stand ein unirdisches Leuchten wie von einem unnennbaren Glück, und ein einziges Wort klang andächtig mit silbernem Glockenton durch den

Raum, ein heiliges Wort: „Mehm!" Erschüttert beugte sich Elke vor und lehnte sich an die schmale Mädchenwange. Scheu und zögernd schlossen sich nach einer Weile innigen Versenkens die Lider der Sterbenden.

Dann öffnete sie noch einmal die Augen; aber weltfremd blickte sie geradeaus, als käme sie schon von jenem anderen Ufer. Mit angehaltenem Atem, um das Hinübergehen nicht zu stören, saß Elke vor ihr.

Im Hause wurde es ganz still. Dämmergrau zog die Nacht herauf. In der Krankenstube brannte eine kleine blau verschleierte Lampe. Irgendwo schlug eine Standuhr mit weichen Schlägen die verrinnende Zeit.

Eine Unruhe kam über Günna. Die kraftlosen Hände griffen Halt suchend umher, und die Lippen öffneten sich. Mit dem freien Blick der Losgelösten, die nicht mehr zwischen so vielen Dingen irren und sich daran stoßen, umfasste sie Elkes Gestalt. Was trüb und quälend gewesen, sollte und konnte klar und entwirrt werden.

„Mutter, ich tat – – nie etwas Unrechtes. – Nie – – nie. Mutter darf – das nicht – vergessen! Immer – auch – damals blieb – ich stolz – und rein. Lieben und leiden – ist unser Los – leiden und – lieben! Still das Kreuz – auf nehmen – und – ohne – Murren tragen – sag das Volkert. – – Es tut nicht – weh! Mehm – es – wird so – dunkel! Leuchte – mir M – Mutter – leuchte – mir!" – –

Elke stand wie gebannt. Ein stummer Kampf begann. Da faltete sie ihre Hände über Günna und betete mit lauter Stimme ihr altes Kindergebet: „Breit aus die Flügel beide, o Jesu, meine Freude, und nimm dein Küchlein ein. Will mich der Feind verschlingen, so lass die Englein singen; dies Kind soll unverletzet sein. Amen."

Die letzte Röte verblich, und ein gelblicher Hauch ließ Günna wie aus Marmor gemeißelt erscheinen. Ein Zug fremder Hoheit lag auf der reinen Stirn. Die Augenlider sanken, wie von wesenlosen Händen zugedrückt.

Elke blieb mit der Toten allein. Aber nicht lange währt die Ratlosigkeit des Einsamseins. Sie raffte sich auf und wusch und bereitete den zarten Leichnam vor. Im Schrank fand sie Günnas Sachen, den schwarzen Tuchrock, die schwarze damastseidene Taille, das Brust- und Kopftuch und die silbernen Knöpfe. Als sie mit besonderer Sorgfalt das lange, blonde Haar geflochten und aufgesteckt hatte, machte sie sich daran, sie völlig anzukleiden, so wie es Sitte und Brauch auf der Hallig war seit alten Zeiten. Auf ihren mütterlichen Armen trug sie ihr Kind dann auf das andere Bett, das noch im Zimmer stand und wohl für sie gerichtet war. Und sie hielt Totenwacht und Andacht zugleich, um sich in die Vereinsamung zu finden, die der Tod des liebsten Menschen bringt.

Die Nacht war heraufgeschritten, und der Mond verließ schon seine silberglänzende Bahn. Elke warf einen müden Blick auf den funkelnden Himmel, aber sie sah den mildströmenden Glanz nicht, freud- und tränenlos starrten die Augen. Ihr Leid war zu groß und zu schwer für Tränen.

Nach und nach verblassten die Himmelslichter. Da setzte sich mit leisem Fittichschlag ein kleiner grauer Vogel ans Fenster und sang ein süßes Lied.

Der eiserne Druck, der über Elkes Stirn gelegen, fiel nun ab; die quälenden Gedanken versanken; vom Licht der Ewigkeit verklärt, lag alles da. Endlich konnte sie weinen.

Das Postboot legte an der Halligkante an. Der Postschiffer ging zuerst ins Pfarrhaus und gab das Telegramm, Briefsachen und Zeitungen ab. Dann erst bestellte er in den übrigen Häusern.

Bestürzt riss der Pastor die Depesche auf und las die Nachricht von dem Heimgange Günna Bonkens und las weiter, dass ein Boot noch in der Abendtide kommen sollte, Elke und die Leiche heimzuholen.

Noch ehe eine Stunde verstrichen war, wusste man es in allen Häusern, und die Totenglocke klagte über die blühende Hallig und über das weite, flimmernde Meer.

Schwer und wuchtig traf die Kunde jeden Einzelnen. O ha ja, Günna Bonken tot. Das arme Stackels! Nicht mal auf der Heimathallig war sie gestorben. So hilfsbereit war sie doch immer gewesen, hatte immer und überall so gern helfen wollen. Wie treu und verlässlich hatte die stolze Günna doch auch jede niedrige Arbeit für andere getan. Dass sie sich den Tod der Wöchnerin so zu Herzen genommen, o ha ja, wie war das schlimm, aber es war auch wieder nur ihre Treue und ihr Stolz, dass sie nicht darüber wegkam.

Und die arme Elke, nun war sie ganz allein, o ha, wie einsam wurde deren Leben.

Aber in Günna Bonken wurde nun nichts mehr hineingeheimnist, die ganze Hallig trauerte mit Elke.

Geschickte Hände wanden Kränze, und was die Gärten nicht boten, nahm man von den blühenden Stöcken, die auf keiner Fensterbank fehlten.

Volkert und Maren empfingen auch gänzlich unvorbereitet vormittags die Trauerbotschaft beim Tee. Mit zusammengepressten Lippen im verblassten Gesicht hörte der Mann auf die Worte. Er wollte etwas erwidern, irgendetwas Belangloses fragen, aber die Stimme gehorchte ihm nicht. Mechanisch stand er vom Tische auf und geleitete die kleine Anke Nommensen bis an die Haustür. Er ging auch nicht wieder in die Küche zurück, sondern nahm die Sense und machte sich auf den Weg aufs Mehdeland.

Als er zum Mittagessen heimkam, hatte seine Mutter ihre beiden prächtig blühenden Myrtenstöcke, die ihre ganze Freude waren, geplündert und eine Krone daraus gewunden. „Nun ist Günna Braut", sagte sie leise und bat ihn, aus ihrer Truhe die neue, weiße Batistschürze zu holen. Mit zitternden Händen fuhr Maren darüber hin, als sei die breit gefältete Schürze eine unerhörte Kostbarkeit. Sie schlug sie auseinander und tat die hohe Myrtenkrone in das blendende Weiß und sagte mit tränenverdunkelter

Stimme: „Myrtenkrone und Schürze geziemen in Friesland einer Braut. Es war mein frommer Wunsch und Gebet, dass ich Günna an ihrem Ehrentage damit schmücken dürfte."

※ ※ ※

Erst gegen acht Uhr sah man das Boot auf die Hallig zuhalten. Es war wenig und widriger Wind, und die beiden Schiffer mussten oft kreuzen.

Feierlich schritten die Halligfriesen in ihren schwarzen Sonntagskleidern, das Gesangbuch in der Hand, die Warf hinunter, dem Ufer zu. Der Pastor, schon im Talar, trat erst noch einmal auf die Kirchwarf.

Ein goldener Schein brach langsam das Meer. Eine riesige Lohe schlug dunkelrot im Westen auf, entzündete den Himmel in seiner ganzen Tiefe und verbrämte die Wolken mit brennenden Farben. Die Luft war durchsichtig und purpurn. Wie in Gold getaucht lag die Insel Föhr, und die Dünen Amrums träumten wie Märchenpaläste in den dämmernden Abend. Als er den Blick wandte, sah er das Boot durch die schimmernden Fluten gleiten, und das Dichterwort kam ihm in den Sinn:

„Ein müdes Schiff, das seine Segel dehnt,
ein Menschenherz, das sich nach Frieden sehnt,
ob sie das Ziel verfehlten oder fanden,
im gleichen Hafen werden stets sie landen.
In jedem Herzen zittert ein Magnet,
der rastlos sich zur ew'gen Heimat dreht."

Langsam ging er an den weißen Kreuzen vorbei seiner Gemeinde nach.

In unsagbarer Pracht blühten die zahllosen Bondestabel. In das stumpfe und doch leuchtende Lila mischte sich das Silbergrau des herb und streng duftenden Wermuts. Die ganze Hallig, hinunter bis zur Kante, war ein einziges märchenhaftes Blütenmeer. Die bezaubernde Schönheit wurde auch nicht durch die schwarz gekleideten Menschen herabgestimmt.

Noch war keine Silbe gesprochen worden, da klang des Pastors Stimme: „Wir singen beim Hinaufgehen gemeinsam: Jesus, meine Zuversicht." –

Das Boot, die Flagge halbmast, legte an. Lautlos grub sich der Anker in den weichen Schlickgrund. Elkes gramdurchfurchtes Gesicht schnitt allen ins Herz. Mit blicklosen Augen umfasste sie ihre Hallig und alles, was ihr gehörte, und sah mit unnennbarer Traurigkeit nach Westen, wo die weißen Kreuze friedvoll leuchteten, und wo nun schon bald ein neues aufgerichtet sein würde.

Vorsichtig langsam senkte sich das Segel und wurde aufgerollt. Das Boot lag unbeweglich längs der Kante. Elkes zusammengesunkene Gestalt wuchs empor, still und starr stand sie neben dem schwarzen Sarge. Zwei Bretter glitten in das Boot, und ein paar Männer stiegen hinterher. Der Sarg wurde hinaufgestellt und auf den blühenden Bondestabelteppich geschoben.

Lang, schmal und schmucklos stand er inmitten aller Blütenpracht. Obendrauf lag lose ein einfaches schwarzes Holzkreuz, um das in rührend-kindlicher Weise ein schlichter Vergissmeinnicht-Perlkranz geschlungen war, das der Dorftischler in wohl gemeinter Absicht mitgegeben hatte.

Der Pastor trat an den Sarg, lüftete sein Barett, die Männer hielten ihre Mützen vor die Brust, und aus Marens Munde kam ein nicht länger mehr zurückzuhaltendes bitterliches Schluchzen.

Brodine ergriff mit lautem Weinen Elkes kalte Hände, und Volkert sah verstört bald auf Maren, bald auf Elke. Heiß stieg es ihm zu Herzen, und in seine blauen Augen kam ein feuchtes Flimmern, er vergaß, dass er Träger mit sein sollte. Aber als er sich des Versäumnisses bewusst wurde, hatte der alte Strandvogt Nommensen schon zugegriffen, und langsam setzte sich der Zug in Bewegung.

In das leise Raunen und Harfen der Wellen mischte sich der Choral: „Jesus, meine Zuversicht."

Als die erste Prielbrücke überschritten war, geriet das Holzkreuz oben auf dem Sarge ins Rutschen und fiel hinab ins duftende Gras, unmittelbar vor Volkerts Füße. Er bückte sich und nahm es in beide Hände und trug es vorsichtig.

Unaussprechliches ging durch seine Seele. Sekundenlang stand ihm die Märznacht vor Augen, und er meinte, die süße Stimme noch zu hören, „so sind wir denn Kreuzträger beide" –, und er sah seinen Weg vor sich.

Die Warf war durchschritten, und ehe der siebente Vers begann, stand man vor Elkes Hause. Die Gartenpforte war weit geöffnet und aufgebunden. Die Südertür hatte man ausgenommen, und der Pesel war bereit, Günna Bonken in ihrem letzten Bett zur letzten Nacht im irdischen Vaterhause aufzunehmen.

Der Gesang verstummte. Die Trauergemeinde umstand den Sarg, und der Pastor sprach bewegten Herzens ein Gebet. Letztes Abendsonnengold flutete durch die Tür, strich über die blauen Kacheln und verklärte den schmucklosen Sarg.

Die Leidtragenden zerstreuten sich, nur Maren und Volkert blieben zurück.

Nur wenige Worte wurden zwischen den drei Menschen gewechselt. Dann geleitete sie Elke aufrecht und wie aus Stein gemeißelt bis an die Pforte.

Als sie durch den Garten schritten, strich der süße Duft von blühenden Reseden und weißen Lilien wie Abendopferrauch an ihnen vorüber. Lang gestreckte, glatte Wolken lagerten wie dunkle Inseln in einem Glutmeer tief am Horizont, und die Luft kam weich und schwer aus unbekannten Fernen.

Noch träumte eine Fülle von Licht und Glanz über Oland, und über dem nahen, schimmernden Meer lag eine unendliche, kristallene Weite, durch die die ewige Stille strömte. Sanft und leise rauschten die silbernen Wellen:

> Einander bedrängend wir wandern
> Und wogen verworren und kraus,
> bis müde am Ufer, dem andern,
> wir ruhen vom Erdenstreit aus.

Akke Godberſen

Die Hallig lag im Winterschnee.

Auf dem polarartig vereisten Wattenmeer türmte sich gigantisch das Eis, das in seinen seltsamen Formen wohl an Gletscher gemahnen konnte.

Das Tief, das die Hallig mit der großen Nordseeinsel verband, zeigte in der Mitte noch einen schmalen Spalt offenen Wassers, und hungrige Möwen überflogen, nach Nahrung suchend, die Rinne.

Eine stieß frohlockend nieder, erhob sich mit höhnischem Geschrei und verspeiste auf einer Bake gierig den Leckerbissen. Die anderen schaukelten vergeblich auf den eisigen Wellen, bis Schollen aus der Tiefe aufstiegen und die erschöpften Vögel vertrieben. Noch lange hörte man ihr lautes Gezänk.

Blassblau stand das Himmelsgewölbe über der winterlichen salzen See, über der großen, lang gestreckten Hallig und schimmerte lichtblau durch die kahlen Äste der knorrigen Holunderbäume, die die niedrigen Häuser schirmten.

Unter der dicken, weichen Schneedecke, die seit Wochen alles einhüllte, schienen die Häuser, wo ihrer mehrere beisammen standen, näher aneinander gerückt, während die Kirche wie eine trutzige Burg schattenhaft aufwuchs. Und auf allen Reetdächern und an allen Fenstersimsen lagen die schneeigen Flocken wie Hermelinstreifen.

Klirrend ging ganz plötzlich eine Hagelböe nieder, und die Hallig, die Warfen und selbst das steile Ufer waren verhüllt. Als sie vorüber war, wirbelten noch Wolken feinster, spitzer Körnchen in den Februarabend.

Dann wurde es ganz dunkel. Lautlos fiel Schnee. Flockige Wolkenballen schüttelten sich aus, und unaufhörlich rieselte es herab.

Die weiß schimmernde Decke wies vom Westufer her Fußspuren auf, die andeuteten, dass vor kurzem jemand zu der einsam gelegenen Knutswarf gegangen war. Neben den beiden Holzschuhen, die im Schnee deutlich abgezeichnet waren, sah man in regelmäßigen Abständen einen scharfen runden Kreis, der von einem Eimer herrühren musste. Die Spuren führten bis vor Akke Godbersens Türe.

Das Haus war nicht niedriger als die übrigen Hallighäuser, wohl aber bedeutend kleiner und viel windschiefer und baufälliger. Es stand allein auf Knutswarf.

Trat man durch die zweiteilige Tür, bei der man erst die obere Hälfte öffnen musste, um den inneren Riegel der unteren lösen zu können, so stand man auf einer schmalen Vordiele, und daran stieß der Stall, der den weitaus größten Platz unter dem Reetdache einnahm.

An einem der Deckbalken hing eine runde Schiffslaterne, deren trübes Glas gar nicht zu der sonstigen Sauberkeit des Stalles passen wollte. Eine Kuh mit so glänzend gestriegeltem Fell, als sollte sie mitten im Winter zur Preisbewertung, kaute geruhsam an ihrem Heu.

In dem matten Laternenlicht sah man auf verschiedenen Stangen zahlreiches Hühnervolk im Schlaf geduckt sitzen, und wo der Stall am dunkelsten war, kauerten etwa zwanzig große Milchschafe, dicht aneinander gedrängt und lautlos mit den Kiefern mahlend; nur ein munteres Ferkel grunzte vor Behaglichkeit in dem wohlig warmen Raum. Durch eine schmale seitliche Tür, die ins Innere des Hauses führte, kam eine Gestalt, von der man bei dem Dämmerschein nicht wusste, ob Mann oder Weib. Erst als sie den Melkschemel, der gerade unter der Schiffslaterne stand, aufhob, sah man, dass es eine Frau war.

Die rissige, pergamentene Gesichtshaut der bald achtzigjährigen Akke Godbersen schien dunkelgrau. Über wimperlosen, leicht geröteten Augen waren die spärlichen Brauen von Ruß und Schmutz verklebt. In dem zahnlosen, wackeligen Frauenmunde hing eine lange Pfeife.

Um Kopf und Hals war ein dunkler, gestrickter Schal gelegt, der auf der Brust zusammengeknotet war. Den Oberkörper umschloss eine dicke, graue Männerjacke, und ein mit ungeschickter Nadel vielfach geflickter und dennoch nicht heiler Frauenrock, aus groben Pferdedecken kunstlos angefertigt, hing mehr als dass er saß um die breiten Hüften. Was für Strümpfe sie anhatte, war nicht zu sehen, die Füße steckten in ungefügen Holzschuhen.

Akke Godbersen nahm den Melkschemel in die eine Hand und stellte mit der anderen, vorsichtig, als sei es ein kostbares Kleinod, die dampfende Pfeife an die Holzwand. Über das runzelvolle, welke Gesicht lief dabei ein unmerkliches Zucken. Sie wusste wohl, wie viel Anlass zum Lästern sie durch ihr Rauchen gab, aber das kümmerte sie herzlich wenig.

Akke Godbersen wusste Bescheid. Sie wusste auch, dass von ihrer Urahne an sämtliche weibliche Vorfahren dieses zahlreichen Geschlechts immer gern und so lange zu der Männerpfeife und zu duftenden Knastern gegriffen hatten, bis sie schließlich von dem Laster nicht mehr lassen konnten. Alle diese Frauen waren groß, stark und herrschsüchtig gewesen. Von ihnen, mit ihren leuchtenden, stahlblauen Augen und dem in der Jugend bernsteingelben Haar, hatte nicht eine einen winzigen Zug um die wenig flaumigen, im Alter bärtigen Lippen gehabt, und keine hatte je den Nacken gebeugt.

Sie alle hatten zu jeder Stunde den Kopf trotzig zurückgeworfen und waren sich ihrer Leidenschaft als ihres Rechtes bewusst gewesen. Und alle waren in früher Jugend zum Weibe begehrt worden, nur Akke nicht. Wohl hatte auch in ihr zu der Zeit eine helle Flamme geloht, tief und leuchtend, aber sie hatte niemand gewärmt, nur alle versengt und verbrannt.

Außer dem aufrechten Gang war nun nichts mehr von der herbstolzen Schönheit ihrer Jugend an der Achtzigjährigen zu finden.

Den rechten Arm, der in der groben Mannsjacke steckte, legte sie eben zutraulich um den Hals der Kuh und führte ein längeres, halblautes Selbstgespräch mit ihr. Wie viele Einsame machte sie ihre Tiere zu ihren Vertrauten und redete je nach dem Bedürfnis des Herzens freundlich oder scheltend auf sie ein.

Als die Unterhaltung zwischen ihr und Mieken, der Kuh, beendet war, setzte sich Akke Godbersen auf den Melkschemel, langte den verzinkten Eimer von der Futterkiste, und willig und freudig strömte die schäumende Milch hinein.

„Büst Akkes lewe, gode Mieken, o ha ja – wat — 'ne feine, düchtige Mieken!" Dann stand sie auf und kraulte der also Gelobten anerkennend und voll Zärtlichkeit den Kopf und die Ohren.

Als sie den Schemel auf seinen Platz gestellt hatte, gab sie der Kuh einen großen Korb Heu vor, tätschelte sie nochmals und nahm den Eimer, der drei viertel voll köstlicher Milch war, in die Rechte und mit der Linken die Pfeife, aus der sie zwischendurch ein paar Züge getan hatte.

Beim Hinausgehen grunzte das Ferkel schlaftrunken. Sofort machte Akke kehrt und gab dem listig blinzelnden Schweinchen seinen Trog voll warmer Milch. Hühner und Schafe ließen sich in ihrer Ruhe nicht stören und blieben deshalb ohne Erquickung.

Wenn Akke Godbersen in ihrem blitzsauberen Stalle wirtschaftete, in dem sie nicht das kleinste Spinngewebe duldete, noch verstreutes Heu oder andere Futterreste, und liebreich ihre Tiere, ihren ganzen Reichtum ansah, so nannte sie sie alle ihre lieben Kinder und hatte für sämtliche Namen, selbst für die kleinen Küken und für die weißen Lämmerchen. Nicht eins blieb ohne Kosenamen, den Akke weder vergaß noch je verwechselte. Hier war sie gegen alles mild und versöhnlich gestimmt, draußen aber war sie eine ganz andere. Trat sie, wie jetzt eben, heraus, so schloss sie noch behutsam die Türe, als könnte von dem harten Ruck einer der Stallbewohner aus seinem Schlaf erwachen. Dann aber verhärtete sich ihr Herz.

Akke Godbersen stellte den Milcheimer in den dunklen Gang, der den Stall von der Vordiele trennte. Er enthielt eine offene Herdstelle, einige Borte, eine eichene, halbrunde Tischplatte, die hochgeklappt wurde, zwei einfache Schemel und bildete ihre kleine Küche. Die Greisin tastete sich mit vorgestreckten Händen weiter bis zur Tür des Pesels.

Ein Schemel stand mitten im Wege und wurde durch einen Fußtritt unsanft in eine Ecke befördert.

Im Stalle löschte sie die Laterne niemals aus; sie brannte jede dunkle Winternacht und auch selbst jede kurze Sommernacht, damit, wenn eines der Tiere einmal aufwache, es sich gleich in seiner Umgebung zurecht finde, oder falls der Blitzstrahl einmal nachts Knutswarf treffen sollte, alle den Weg ins Freie finden könnten. Aber zur Beleuchtung der Küche opferte die Alte nicht einmal ein Streichholz, geschweige denn einen Lichtstumpf.

Unter Poltern und Schelten hatte sie den Messingknopf der Stubentür gefunden und trat in den Pesel. Die

Tür war so niedrig, dass Akke Godbersen ordentlich den Kopf ducken musste. Auf dem runden Klapptische zwischen den beiden Fenstern nach Süden brannte eine schmale Stehlampe mit einem grünen Blechschirm. Der Pesel wurde nur kümmerlich von ihr erhellt, und so blieb die darin herrschende Unordnung verborgen. Nur im Bereich des Lichtkreises sah man auf dem seit langem nicht gefegten Fußboden zahlreiche Aschenhäufchen und angebrannte Fidibusse liegen.

Auf dem Tisch stand die schwarze Pfanne mit einem Rest kalter Bratkartoffeln. Brot und Butter war auf dem einen Teller. Schafschinken und Käse auf dem anderen, und dazwischen brodelte auf einem uralten Gefäß, das glimmernde Holzkohlen enthielt, ein ebenso alter Teetopf. Die Porzellantasse, der henkellose Rahmtopf und die Kandisdose waren schadhaft und entstammten neuerer Zeit.

Ein schwerer, ungefüger Eichenlehnstuhl, in dem Akkes Urahne schon vor bald zweihundert Jahren gesessen und geraucht hatte, stand vor dem Tisch. Ein paar andere alte Stühle ohne Kissen und eine in gotischem Fältelwerk reich geschnitzte Truhe bildeten die bewegliche Habe, während der Ofen, das Wandbett und kleine, in die getäfelte Wand gelassene Schränke fest waren. Die roh gezimmerte und bunt bemalte holländische Kastenuhr ging schon bald vierzig Jahre nicht mehr.

Kein Bild schmückte die dunkel geräucherten Wände; auf den Fensterbänken suchte man vergeblich nach irgendeinem Blumentopf, der Freundlichkeit ins Zimmer tragen sollte. Jedoch der Winter ließ nicht von seinem Recht. Die niedrigen, bleigefassten Scheiben waren mit duftlosen, märchenhaften Blumengewinden überhaucht.

Akke Godbersen stand mit dem Rücken an den beinahe kalten Ofen gelehnt. Sie spürte, so nahe sie auch ihren Körper hinschob, nichts von einer wohltätigen Wärme. Fröstelnd hob sie die Schultern und band den großen Wollschal fester um den Kopf. Dann blies sie in die hohlen Hände und ging mit müden Beinen nach dem Tabakskasten, der in ansehnlicher Größe an der Fensterwand auf dem Fußboden stand.

Der Pfeifenkopf war schnell geleert; es zierte ein wenig mehr Asche den Boden, der Abguss floss ebenfalls achtlos hinterher. Mit einem Fidibus setzte sie die Pfeife an den Holzkohlen in Brand, rückte mit vielem Geräusch ihren Stuhl vom Tische ab, bis er endlich zwischen Wandbett und Ofen zu stehen kam, und taumelte hinein.

Die Schwäche war bald überwunden, man sah das an den blauen Rauchwolken. Akke Godbersen kümmerte sich nicht um frühe oder vorgerückte Zeit, ihr zeigte ja auch die Uhr keine Morgenstunde noch Schlafenszeit an.

Draußen kam Wind auf, der rasch bis zum Sturm wuchs. Der peitschte mit schweren Flügeln auf die Eisdecke, dass bis in Akke Godbersens Häuschen das Bersten der Schollen, das Jauchzen und Verklingen der hin und her laufenden Risse vernehmbar war. Von dem matten Lampenlicht war weder im Pesel selbst noch von draußen her viel zu sehen, eine so dichte Tabakswolke stand in der nächtlichen Stube.

In das Krachen und Schieben der Schollen mischte sich das Knarren des Daches, das Beben der Sparren im Stalle, und oft schien es, als zittere das ganze morsche Haus in seinen Grundfesten. Der Schnee flog vom Dache, dass aus dem Schilf die unbedeckten braunen Röhrchen wie frierend in die kalte Februarnacht hervorlugten.

Um Mitternacht wurde es stiller. So plötzlich, wie der Sturm aufgekommen war, legte er sich auch.

Akke Godbersen war in ihrem Lehnstuhl eingeschlafen. Als nun der Südost, dessen Sturmlied sie ins Traumland geführt hatte, verstummt war, wachte sie mürrisch auf. Die kalte Pfeife hing im Mundwinkel. Eine große, graue Spinne kroch aus einem Loche, blieb an dem Deckenbalken gerade über Akkes Kopf sitzen und starrte die Alte mit ihren dunklen, unbeweglichen Augen unheimlich an.

Die Lampe flackerte, als wäre sie nahe am Verlöschen. Akke Godbersen rieb sich die frosterstarrten Hände, hauchte hinein und versuchte mit Anstrengung, die Pfeife wieder in Brand zu setzen, was ihr aber nicht gelang.

Mit zitternden Beinen schlürfte sie durch die Stube und holte aus der Ecke ihre Feuerkieke, die sie am Tisch mit dem winzigen Rest glimmender Holzkohlen füllte. Sie rüttelte und schüttelte die alte Messingkieke, und als sie den erwünschten Erfolg sah, warf sie noch eine Hand voll Kohlen darauf und stellte das Feuerbecken in ihr Wandbett. Dann nahm sie die trübe Lampe in die Rechte und tat, was sie keinen Abend vor dem Zubettgehen vergaß, sie hielt sie hoch, damit die mattsilbernen Buchstaben im Lampenlicht aufleuchteten, die als Inschrift über dem Wandbett an einem Balken geschnitzt waren.

Akkes Mutter hatte es auch so gehalten, und die wusste es wieder von ihrer Mutter, die eine Zeit lang Haushälterin bei dem Pastor der kleinen Nachbarhallig gewesen und von ihm, der als Sonderling bekannt war, erzählt hatte, er habe jeden Abend, ehe er sich in sein Wandbett zum Schlafen gelegt, laut und vernehmbar in die stille Stube gerufen: „Welt, gute Nacht."

Akke Godbersen las die hochdeutsche Schrift mit harter Stimme, die sie immer beim Lesen hatte. Die silbernen Buchstaben, die sie in jedem Frühling neu bronzierte, lauteten:

Wie Gott es füget – So mir genüget.

Nur wünsch zu erwerben – Ein seliges Sterben.

„Amen!", setzte sie kräftig hinzu, stellte die schwelende Lampe, ohne sie auszulöschen, auf den Tisch zurück und stieg, angekleidet wie sie war, nur dass sie die Holzklotzen abtat, seufzend in das hoch aufgetürmte Wandbett. Sie legte den Kopf in das breite, kühle Kissen, und die Augen blickten ausdruckslos nach der Decke.

Die alten, steifen Hände zogen das Deckbett bis hoch an das Kinn, und der Kopf sank matt und schmerzend tief auf die Brust.

Akke Godbersen überdachte den Spruch noch einmal. O ja, was gäbe sie um einen schnellen, kurzen Tod. Welt, gute Nacht! Ginge wohl einer lieber aus dieser kalten Welt als sie? Einschlafen und nicht wieder aufwachen, damit fiele man keinem zur Last. Und es wäre kein Abschiednehmen von Mieken, der Kuh, und ihren anderen lieben Tieren nötig.

Schlafen, so tief schlafen, und im ewigen Vaterhause aufwachen. O ja – schlafen – ja schlafen –!

Sie zog die schwere Federdecke ganz über den Mund, und bald umgab sie das Meer der Vergessenheit. Ihre Seele wanderte, wanderte auf Wegen fernab der rauen Wirklichkeit, und ihre Gedanken verloren sich in tiefen, traumlosen Schlaf.

Akke Godbersen war nicht immer die Ärmste und Verachtetste, die Verfehmte auf der Hallig gewesen. Die Geschichte ihrer Jugend war eine frohe und sonnige und eine friedvolle zugleich. Akke war in einem Kranz blühender Geschwister aufgewachsen, von treuer Elternliebe und Fürsorge behütet und beschützt. Innig und fest war das Band des Herzens um die zahlreiche Familie geknüpft, und als innerhalb dreier Jahre die Nachrichten kamen, dass die beiden ältesten Brüder auf See geblieben, da schlossen sich die übrigen nur noch herzlicher zusammen.

Dann aber kam das Leid. Sie mussten durch tiefes Dunkel.

Auf einem Wege über das vereiste Watt ertranken vier starke Männer, die auf eine trügerische Treibscholle geraten waren. Akkes Vater und Großvater waren mit dabei.

Nur wenige Monate später starb die Mutter an einer heftigen Lungenentzündung.

Nicht nur, dass das Elternhaus nun öde und leer war, nein, es glich einem Vogelnest, das ungeschützt zwischen kahlen Ästen am Baume hin und her schwankt, und Regen, Sturm und Hagel wettern hinein, ohne dass es verhütet und verhindert werden kann.

Die Vögel wurden flügge. Das heimatliche Nest gefiel ihnen nicht mehr. Drei Brüder wanderten gemeinsam nach Kalifornien aus. Die älteste Schwester ging nach Nordamerika und verheiratete sich dort. Zwei andere zogen als Seemannsfrauen nach Sylt und Röm. Die Zweitjüngste, an der Akke ganz besonders gehangen hatte, war nach kurzer, romantischer Ehe in Hamburg verschollen.

So war Akke Godbersen allein im verwaisten Elternhause auf Knutswarf geblieben. Sie hielt keinerlei Beziehungen mit den Geschwistern aufrecht. Obwohl sie sie noch alle am Leben wähnte, konnte leicht das Gegenteil der Fall, oder doch der eine oder die andere längst zu den Voraufgegangenen gesammelt sein.

Die Freude schwand allmählich aus Akkes Leben, und Hohn und Verachtung, Spott und Verfehmung traten an ihre Stelle. Aber auch das ärmste Leben entbehrt nicht ganz der Helle, der Liebe und des Lichtes, und das brachten die Tiere in Akke Godbersens Leben.

Die Halligleute wollen nichts anderes sein als Menschen, die hart mit dem Leben und seinen Naturgewalten zu ringen haben. Reichtümer sind bei dem steten Kampf mit dem Meere, der salzen See, nicht zu sammeln. Jeder Tag trägt sein schweres Sorgenpäckchen und seine Arbeitslast auf dem Rücken.

Diese gar nicht so geringe Mehrarbeit in Haus und Garten, in Stall und Warf, dies immer auf dem Posten sein müssen, das macht den an sich schon ernsten Friesenstamm noch besinnlicher. Die Halligfriesen schämen sich weder ihrer Armut, noch schlagen sie Kapital daraus. Es liegt in ihrem bewussten Stolz und geraden Charakter, dass sie die harten Seiten des Lebens aufrecht und unverzagt auf sich nehmen und mutig tragen. Ihre Häuser auf den Halligen blitzen und blinken innen und außen vor Sauberkeit, und auch darin suchen sie ihren Stolz.

So war es natürlich, dass Akke Godbersens Unordnung, als sie die fünfzig noch nicht überschritten hatte, den ersten Anstoß zur Reibung gab. Alles wollten sie ihr verzeihen, aber den starrenden Schmutz ihrer Kleidung wie ihres Körpers und den furchtbaren Zustand, der ihre Stube und Küche zum Gespött aller Halligen und Inseln machte, den vergab man ihr nicht.

Es kam, wie es vorauszusehen war: es fielen die ersten harten Worte gegen Akke Godbersen, und die Entfremdung wuchs immer mehr zwischen ihr und den übrigen Menschen ihrer Heimathallig.

Die Schläferin da drinnen im Wandbett führte seit nun bald zwei Jahrzehnten ein Einsiedlerleben, wie es einsamer kaum gedacht werden kann. Oft vergingen Monate, ohne dass sich ein Erwachsener oder ein Kind nach der abgelegenen Knutswarf verirrte. Sah die wunderliche, menschenscheue Alte den Besuch kommen, so verriegelte sie früh genug Haus und Stalltüre.

Fünf Monate waren vergangen, seit sie das letzte Zeichen ihrer Mitmenschen erhalten hatte. Ein Schulkind war es gewesen, das an einem stürmischen, nassen Oktobertage vor ihrer Türe gestanden hatte. Weil ihm nach vergeblichem Klopfen nicht aufgetan wurde, schob es einen weißen Zettel durch einen schmalen Türspalt, damit er so ins Innere des Hauses gelangen musste.

Akke Godbersen hatte sich an jenem Herbstabend gebückt, den Zettel hochgehalten und mit verächtlichem Achselzucken gemurmelt: „O ha – ja ein Sssirkulier."

Ja, es war ein Zierkular, wie es der Gemeindevorsteher häufig mit irgendeiner Verordnung oder einem Verbot über sämtliche Warfen schickte. In diesem war aufs strengste verboten: weder mit offenem Licht auf den Boden zu gehen, noch je schulpflichtige Kinder abends ohne Aufsicht zu lassen, und vor allen Dingen, dass niemals mehr eine alte Feuerkieke mit glimmenden Kohlen gefüllt in die Federbetten gestellt werden dürfe.

Die Fälle lagen gar nicht so weit zurück, dass aus diesen Ursachen namenloses Brandunheil auf den Halligen entstanden und bitterste Armut geblieben war.

Die Halligleute dankten zumeist ihrem Gemeindevorsteher seine Umsicht. Akke Godbersen hatte jedoch, als sie mit ihren schwachen Augen – eine Brille besaß sie nicht – das Verbot mühsam entziffert, das Zirkular wütend zerknüllt. Und hatte gerade von dem Tage an, um vieles früher, als sie es sonst zu tun pflegte, mit bösem Blick das Feuerbecken in das hoch getürmte Wandbett gestellt; hatte es auch noch keinen Abend bisher unterlassen. Mochten sich alle die anderen an die Vorschrift des Gemeindevorstehers halten und eine neumodische Wärmeflasche ins Bett legen! Ihr hatte niemand zu gebieten. Sie kümmerte sich nicht darum; sie tat immer, wie sie es gewohnt war.

* * *

Nun tat sie zwar nichts, die Schläferin, sondern atmete schwer.

Die schwelende Lampe war völlig am Verlöschen. Ein merkwürdig widerwärtiger Qualm erfüllte die niedrige Stube, und wäre Akke Godbersen aufgewacht, so würde sie den brenzligen Geruch früh genug bemerkt haben. Sie aber schlief.

Ein leises verdächtiges Knistern stieg aus der Bettstatt, und zugleich war ein Knacken hörbar. Bald war das Zimmer mit einer undurchdringlichen Wolke durchzogen.

Schärfer und beißender wurde der Brandgeruch, dichter und zäher der schwelende Qualm. Aus der Tiefe des Wandbettes drangen vereinzelte schwache Laute.

Zuerst war es ein röchelndes Räuspern und gurgelndes Husten und Stöhnen, dann wie nach einem wilden, letzten, vergeblichen Aufbäumen ein stoßweises, qualvolles Wimmern, und – – dann – – nichts mehr.

In dem Augenblick, als Akke Godbersen unbewusst im Erstickungstode den letzten Seufzer tat, schlugen die hellen Flammen aus der Bettstatt. Gierig leckten sie an Balken und Decken entlang bis nach den rauchgeschwärzten Fensterrahmen.

Bald sprangen mit heftigem Geklirr die oberen, gefrorenen Glasscheiben, und triumphierend kletterte ein Flammenheer um die vorstehende Kante des schneefreien Daches, um in gewaltiger Lohe über das Reet zu züngeln.

Funken sprühten auf, die größeren unter ihnen glichen grausigen Fackeln, die in der Dunkelheit leuchteten. Die kleineren verlöschten bald. Im Niederfallen trafen sie den großen Heuschober, und wie rote Blutstropfen sickerten sie durch die Mengen von duftigem Halliggras.

Eine Weile schien es, als sei der Brand auf unerklärliche Weise zum Stillstand gekommen. Aber dann erhoben sich mit dämonischer Gewalt feurige Garben in fast wahnsinniger, taumelnder Freude.

Im Stall wurde es unruhig.

Die Kuh brüllte laut durch den stickigen Raum. Die Schafe, die von der ungewohnten Wärme nichts Gutes ahnten, setzten alle Kraft in ihr dumpfes Blöken. Sie stießen mit ihren schweren Leibern fortwährend aneinander und vermehrten so die grauenvolle Unrast.

Das Hühnervolk war aufgescheucht. Auch sie riefen im Chor nach Hilfe und flatterten in tödlicher Angst und ahnendem Bangen hin und her, ohne den rettenden Ausgang zu finden. Nur das Ferkel schlief unbeirrt seinen schnarchenden Schlaf in Sattheit weiter.

Da, ein lauter Krach!

Die Decken stürzten ein.

Eine ungeheure Glut von Feuer, ein Aufstieben von Millionen Funken verwandelte den Stall in einen rauchenden Trümmerhaufen.

Weiß und still lag die Nacht über der einsamen Hallig.

Die Flocken rieselten. Unsichtbare Hände woben dem Eilande ein schimmerndes Bahrtuch. Und keine Sterne am Himmel. Schnee, nichts als lautlos fallender Schnee. Stunde um Stunde. –

Tiefes, schweigendes Dunkel lastete wieder auf der Hallig und dem Meer und hüllte alle Nähe und Ferne ein.

Aber über der Finsternis, in die der fallende Schnee noch vor Tagesgrauen die Knutswarf hüllte, leuchtete ein hoher Schein.
Die Lichter der ewigen Heimat winkten.

In Not

Dunkle Wolkenballen jagten bei Tagesgrauen gleich flatternden Segeln über die Nordsee. Aus fernem, unbekanntem Wolkenland kamen sie heran und eilten finster drohend nach Osten, einem Zug wandernder Kraniche gleichend, die in bleichen Höhen dahinschwebten, ohne Ruh und Rast, ein ewiges Sinnbild der Menschenseele, wandernd, überall fremd und schwebend zwischen Zeit und Ewigkeit.

Im Südwesten stiegen Regenböen aus dem Meere und hüllten die kleine Hallig in dämmergraue Schatten ein. Sprühend und prasselnd klatschten schwere Tropfen in die graugelben Fluten und auf die noch saftgrünen Fennen. Doch nur ein Weilchen.

So schnell, wie er gekommen war, verschwand der Regen auch wieder, und der weiche Wind, der von der See herstrich, schien Frühlingslüfte vorzutäuschen.

In den winzigen Halliggärten standen noch Rosen und Goldlack in voller Pracht, als könne es nicht wahr sein, dass tags zuvor der November Einzug gehalten hatte.

Die dunkle Wolkenwand verging nach und nach, und im hellen Morgensonnenschein funkelten die braungrünen weichen Reetdächer wie Sammet. In dem Spinnweb, das hie und da zwischen den Schilfsgräsern hing, leuchteten Regentropfen gleich blitzenden Diamanten, und die roten Klinkersteine, die durch die Warf und an den niedrigen Hallighäusern vorbeiführten, waren blank gewaschen.

Eine große Möwe kam mit lautem, scharfem Krrrekrri! von der See und ließ in wiegendem, stolzem Flug ihr schneeiges Gefieder schimmern.

Die Sonne kam höher und sog die feuchte Morgenluft und den Dunst von den Rändern des Himmels.

Ein Dutzend Häuser mitsamt der Kirche und dem Pfarrhause standen auf der Warf, alle von fast gleicher Bauart und gleicher Größe und sämtlich um den Fething gelegen. Nach Süden und Norden je vier, nach Osten zwei, und im Westen lag neben dem etwas abseits gelegenen Pfarrhause das ebenso niedrige Gotteshaus mit dem frei stehenden Glockenturm. Und ringsherum das Meer.

Nur das mittlere Haus im Süden sah mit seinem kleinen Giebel ein wenig anders aus als die übrigen, deren breite und niedrige Dächer giebellos herunterwuchteten. Alles war hier anders, war zierlicher und sah nach besonderem Geschmack aus. Der kleine Südergarten war von einer Ligusterhecke eingefasst, zu der die Pfosten der Tür aus jahrhundertealten gebleichten Walfischknochen im seltsamen Gegensatz standen. Die hochstämmigen und ein wenig städtisch gestutzten Rosen wollten auch wieder nicht recht zu den muschelbestreuten Wegen passen.

Am Hause an der Süderwand blähten Fischernetze, die zum Trocknen aufgehängt waren, und unter der Dachkante lagen auf Stützen Mast, Ruder und Bootshaken.

Die blau und rot gemalte Haustür mit dem blanken Messingklopfer wurde geöffnet, und ein hoch gewachsener blonder Friese von noch nicht dreißig Jahren trat heraus, ein Schiffsfernrohr unter dem rechten Arm. Er musste seinen Kopf gar nicht wenig beugen, wenn er nicht mit dem Querbalken in unsanfte Berührung kommen wollte. Unter Letzterem, zu beiden Seiten der Haustür, saß in Form von eisernen Klammern die alte Hausmarke der Petersens, über ihm erhob sich der Giebel mit zwei winzigen Fenstern.

Knudt Petersen sah prüfend zum Himmel. Eine einzelne große Wolke zog wie ein weißes wehendes Gewand einer durch das lichte Blau schwebenden Frau, sehnsuchtsbang. Er schaute ihr sinnend nach. Dann ließ er seinen Blick über den weiten Horizont schweifen. Im Südwesten zogen tief gehende Büsumer Fischerewer langsam ihre Bahn.

Bei Amrum blitzte ein braunes Segel auf, das von frischem Wind begünstigt in rascher Fahrt vorwärts kam. Knudt zog die Haustür hinter sich zu, ging durch die Pforte in das Gärtchen und stellte das Fernrohr ein.

Aus dem Nachbarhause kam Wirk Matthiesen in Öljacke und Südwester und hohen Seestiefeln: „Nun, all klar?", fragte Knudt in der üblichen friesischen Sprache über den niedrigen Zaun weg.

„Jawoll, du solltest man auch noch in dein Boot steigen, Knudt. Wie es morgen ist, weiß heute noch kein Mensch. Es ist wohl jeder Tag noch Fischtag, aber lange nicht immer Fangtag. Heute hält sich das Wetter noch vielleicht, ob morgen auch?" Dabei pfiff er durch die Zähne. „Das Glas will auch fallen."

„Ja, das Barometer sackt, ich habe noch just eben dran geklopft", versetzte Knudt. „O ha ja, wie gern ginge ich heute mit auf Fang. Ist man nur, weil ich der Tjalk ‚Maria Jakoba' versprochen habe, auf die Lotsenflagge zu achten. Die wollte höchstens drei Tage in Bongsiel bleiben, und heute ist doch schon der fünfte Tag. Ist merkwürdig." – „Ist es gar nicht! Jan Pieter, der sonst wahrhaftig kein Bangbüx ist, bleibt heute mit seiner Tjalk, wo er ist. Für sein Schiff mit der Ladung ist viel zu wenig Wind und dazu noch gegenan – – und kreuzen; – o ha ja und dann heute Nacht Vollmond! Da kommt nichts nach, Knudt, von deswegen kannst du gern auch rausgehen", sagte Wirk, spuckte in kräftigem Bogen das letzte Endchen Priem aus und steckte mit schmunzelndem Behagen einen neuen Stift in seine Kaukamenten.

Knudt schob nachdenklich das Fernrohr ineinander

und rief dem kurzen, stämmigen Nachbarn, der schon die Warf hinuntergegangen war, nach: „Hee! Wirk! Ich sehe noch die Masten der ‚Maria Jakoba' in Bongsiel, Segel hat sie nicht gesetzt, will also heute wohl nicht durchgebracht werden." Wirk schob seinen Südwester ein wenig zurück und schaute auch nach dem entfernten Küstenhafen. Wie sehr er auch unter seiner Rechten, die er schirmend über die Augen legte, spähte, ohne Glas konnte er nichts entdecken.

„Ich komme denn so noch hinterher", rief Knudt und wollte sich umwenden. „Denn man zu", und Wirk hob den kurzen dicken Arm und zeigte nach Südosten: „Ssüh, ssüh, Melv und Tade liegen auch schon draußen, und der alte Lorenz ist wohl schon seit einer Stunde zuwege, ist beim Norden. Der hat sicher schon sein Dutzend Stieg Butts", prahlte Wirk im Weitergehen. „Kann ja sein, kann auch nicht sein", antwortete der Jüngere und ging in sein Haus zurück.

Die länglich schmale, kachelgeschmückte Vordiele teilte genau das Haus in zwei Teile. Rechter und linker Hand lagen je Darnsk und Pesel; ihre acht bleigefassten Fenster gingen nach Süden. An die geräumige Küche im Norden schloss sich die Speisekammer nach der einen, nach der anderen Seite der große Stall. Diese Bauart war auf den Halligen sonst nicht üblich. Doch Knudts Urgroßvater, der Erbauer, hatte auf seinem Willen bestanden. Und wie es nun um die Bewohner stand, empfanden die drei beteiligten Menschen die örtliche Trennung durch die Vordiele als durchaus glücklich. Es war auch unter den Halligleuten nicht einer, der jetzt nicht diese Teilung schon beim Bau als besonders vorsichtig und klug gepriesen hätte, und niemand, der den Alten mehr einen wunderlichen Eigenbrödler nannte. So kam Knudt Bandick Petersens Stil nach hundert Jahren auf einmal noch zu Ehren.

Knudt ging nicht sogleich in die Küche, sondern zog sich erst im Stalle die hohen Wasserstiefel an. Er langte die

Kruke vom Bort und füllte die kleine leere Blechkumme mit dickflüssigem Seehundstran, fuhr mit einer Bürste abwechselnd in die Schale und über die Stiefel, dass sie bis obenhin von dem öligen triefenden Fett glänzten.

Über den dicken, schafwollenen Sweater zog er eine kurze geteerte Jacke, nahm den Südwester und Ölmantel vom Nagel und hängte beides über die Schulter. Ein schadhafter, fleckiger und mehrfach gerissener Spiegel, der in der Stallecke über dem kleinen Waschständer unter dem Kammkasten angebracht war, gab trotz seiner Sprünge das männlich schöne Ebenbild zurück. Die kraftvoll sehnige Gestalt war von auffallender Größe. Die meerfarbenen, grünblauen Augen hatten immer etwas Spähendes. Das Gesicht war trotz der etwas großen, kühnen Nase und des herrisch geschnittenen Mundes sehr anziehend, besonders wenn ein Lachen in dem gebräunten Antlitz stand; aber es verriet auch, dass die Nasenflügel beben, der Mund verächtlich zucken konnte, wenn jäher Zorn die Augen dunkel aufflammen ließ.

Man sah, dass auch diesen jungen Schiffer in der weltverlorenen Abgeschlossenheit seiner kleinen einsamen Hallig alles rein Menschliche, Hoffen und Entsagen, Lieben und Hassen, Glauben und Zweifel, Freude und Schmerz durchzittert, sein Denken und Fühlen bestimmt und seine Linien gezogen hatte. Aber die große und gewaltige meerumbrauste Einsamkeit hatte ihn wie alle Halligfriesen stiller und in sich abgeschlossener werden lassen; ganz anders, als es Menschen sind, um die herum immer das Getöse und der seichte Klatsch und das Hasten der tausend anderen lärmt.

Eben bückte sich Knudt, nahm den Eimer mit Loten und Würmern hoch und schritt, eine wahre Siegfriedsgestalt, durch die niedrige Stalltür. Beim Emporrecken berührte sein schimmerndes helles Blondhaar die Balken im Stalle.

Auf der Vordiele kam ihm mit den schweren Schritten der hoffenden Frau sein junges Weib Petrea entgegen.

Flüchtig schaute sie zu Knudt auf und sekundenlang zögerte sie im Weiterschreiten. Eine Frage schwebte auf den schmalen Lippen, doch sie presste sie nur fester aufeinander. Mit einer müden Bewegung strich sie das braunlockige Haar, das immer wieder in widerspenstigen Ringeln auf die hochgewölbte Stirn fiel, zurück. Wortlos wandte sie den Kopf und ging schwerfällig in die Küche.

Auf den breiten Stuhl, der neben dem offenen Herde stand, setzte sie sich leise seufzend und verschränkte die Hände ineinander. Auch in dieser Hilflosigkeit wirkte sie noch schön, wenn auch sonst eine unvorteilhafte Veränderung nicht zu verkennen war. Nur die großen, braunen Augensterne mit den langen, dunkelseidigen Wimpern unter schön geschwungenen Brauen waren leuchtend und zwingend geblieben. Unter all den blauen Augen der Halligfriesen nahmen sich diese dunklen Sammetaugen, die immer an ein scheues Reh erinnerten, fremd und eigenartig aus.

Dem nach ihr eintretenden Manne flutete es warm ums Herz, als er die rührende Müdigkeit gewahrte, die sich in jeder Gebärde und Miene ausprägte. Er hätte Petrea am liebsten gestreichelt und ihr ein liebes Wort gesagt, aber eine Scheu, die seit Wochen und Monaten in ihm war, ließ es nicht zu.

„Ich will noch raus zu fischen", sagte er stattdessen, und mehr als den Klang der Stimme zwang er seine Miene zu gleichgültigem Ausdruck. „Wind und Wetter", fuhr er fort, „sind ja gut. Für November ist es beinah schwül, und da will leicht Frost hinterher kommen. Und der erste richtige Frost jagt alle Fische heidi! Dann ist's sowieso vorbei. Möglich, dass auch schon heute Schluss mit der Fangerei ist." Petrea antwortete noch nichts. „Der Nachbar Wirk", setzte Knudt jetzt mit Nachdruck hinzu, „ging schon runter und wollte wohl auch auf mein Boot passen, dass es flott bleibt. Der alte Lorenz und Melv und Tade sind schon was länger draußen, und die Meinung ist, dass sie gut fangen sollen."

„Ach Fische, Fische! Immerlos Fische und kein Ende! Nun heißt es wieder reine machen, salzen, räuchern! Grässlich diese Fischschmiererei, ich mag nicht mehr drüber sein", entgegnete die junge Frau, und die etwas derben Züge, die in ihrer mütterlichen Zeit breiter geworden waren, drückten sichtlich Ekel und Abscheu aus: „Fische, nichts als Fische, man wird schon ganz albern nur von allem Draufgucken! Ich werde schon beim Geruch übel. Vorher täglich wochenlang Porren puhlen und jetzt Fische. – Abscheulich! Aber Fische, die sind mir noch am widerlichsten."

Knudt zuckte die Achseln und sagte mehr aus Mitleid als aus Überzeugung: „Das ist doch nur jetzt so, Petrea. Später ist alles vergessen, und du fütterst unsern Jungen, wenn er drei Monate alt ist, schon mit Porren und Fischen. Mutter sagt ja doch auch, es ginge vielen Frauen so wie dir in der Zeit. Sie hat es von sich aus nicht gekannt, aber darum versteht und verzeiht sie es dir doch."

„Versteht und verzeiht sie es dir doch", ahmte Petrea trotzig und höhnisch Knudts Stimme nach, „ich bin aber nun mal nicht Mutter und bin auch leider nicht unfehlbar. Und ich komme ja doch immer nur bei dir erst an zweiter Stelle."

Eine helle Röte stieg in das Mannes Gesicht. Er zog die Brauen hoch, nagte unschlüssig an der Oberlippe und sah etwas unsicher und bedrückt in das verzerrte Antlitz Petreas: „Lass das doch! Schnack auch nicht immer so 'n dummes Zeug! Ich bin wahrhaftig nicht deshalb noch reingekommen, um mich mit dir erst noch zu streiten und das alte Lied anzuhören; wollte doch man bloß nachsehen und fragen, ob du auch meinst und denkst, dass ich deinetwegen ruhig fischen gehen kann. Ist da nichts im Wege, auch wenn ich bis nächster Tide wegbliebe, geht es dir danach?"

„Ach, es fällt mir doch dar nicht ein, dass ich dir darauf Antwort gebe, denn glauben tust du ja doch nur, was deine Mutter meint und sagt und rät, geh doch hin zu ihr", zankte Petrea und misshandelte in übler Laune ihr Taschentuch.

Knudt erwiderte kein Wort, nur seine Augen verrieten, was in ihm vorging. Sie schimmerten nun nicht mehr blaugrün und farblos wie die Meeresfluten, sondern wurden schwarzdunkel, wurden ganz Pupille, in deren Grunde es von unheimlicher Glut glomm.

Seine gefährlichste Stunde war über ihn gekommen. Er machte eine Bewegung auf Petrea zu, als wolle er dem auflodernden Jähzorn freien Lauf lassen. Flammenröte lag auf seiner Stirne.

Doch er bezwang sich. Schwer atmend stand er einen Augenblick, dann griff er, noch immer zitternd vor Erregung an den Deckenbalken und nahm seine grün gestrichene Kloppe herunter. Ganz langsam öffnete er den Holzdeckel, schnitt ein Stück Brot und Schafschinken ab, und indem er dabei durch die Zähne pfiff, legte er beides mit Butter und einem Messer zusammen in die Kloppe. Ohne Eile und umständlich schloss er sie wieder mit den Holzklammern.

In der Frau wallte etwas auf und pochte dumpf an ein längst vereist geglaubtes Gefühl. Impulsiv stand sie auf und umfing seine Gestalt mit liebevollen Blicken und suchte, noch immer vor verlegener Scham, hochrot im Gesicht, nach einem Wort.

Knudt, der die seit langem vermisste Freundlichkeit wohl gewahrte, aber ihr Werben nicht fühlte, nahm alles, was er zum Fischfang benötigte, in die linke Hand, hielt versöhnlich Petrea die Rechte zum Abschied hin und sagte mit gutmütigem Lächeln: „Adjüs, lütt Ree, und vertragt euch die paar Stunden, du und Mutter. Wollt ihr das auch?" – Das jähe Aufleuchten in ihren Augen bei der liebevollen Abkürzung ihres Namens erlosch, und sie legte ihre Hand auch nicht in die seine. Gereizt klang ihr: „Ach, geh doch", zurück.

„Denn nicht, wie du willst", spöttelten seine Lippen,

und mit knarrenden Schritten verließ er die Küche, ohne auch nur noch einen Blick auf Petrea zu werfen.

Eine Schwäche und ein heftig zuckender Schmerz ließen die junge Frau erbeben, und wie Hilfe suchend lehnte sie den Kopf an den Wandschrank. Die schlaff herunterhängenden Hände zitterten, und ihre Augen, die wie die eines gescholtenen Kindes blickten, füllten sich mit Tränen, während die flatternden Gedanken nur immer um den einen Punkt kreisten. Er hätte das nicht sagen dürfen, das mit dem Vertragen. Und er war ja doch noch zu der Mutter in den Pesel gegangen, die Tür war aufgeklinkt worden, das hatte sie gehört. Aber so war es, und so würde es auch immer bleiben.

Wieder kam eine Schwäche über sie. Sie musste sich mit beiden Händen an der Tischkante festhalten, um nicht zu fallen. Ein langer, ziehender Schmerz lief durch ihren schweren Körper, dann stand sie beklommen auf.

So rasch wie Schwäche und Schmerz gekommen waren, verschwanden sie auch wieder. Tief aufseufzend nahm Petrea auf einem niedrigen Schemel Platz und schälte mehr mechanisch als bewusst Kartoffeln. Jede rollte eilig in die mit Wasser halb gefüllte Schale, die vor ihr auf dem Fußboden stand.

Wie so eine zu der andern kam und gleichmäßig jede Lücke füllte, so reihte sich auch vor Petreas Augen Bild an Bild ihres Lebens.

Sie stammte nicht von der Hallig, sondern kam aus einem Geestdorfe unweit der Westküste Schleswig-Holsteins. Ihre Mutter war früh gestorben, und den Vater, der Lehrer war, hatte ihr Tod noch schrulliger und auch noch strenger gemacht. Die vielen Haushälterinnen, die nacheinander nur meist ganz kurze Zeit in dem niedrigen, armseligen Schulhause walteten, hatten weder dem ernsten, unzugänglichen Manne noch der siebenköpfigen scheuen Kinderschar das Leben leicht und sonnig gemacht. Im Gegenteil, freude- und glanzloser, dünkte der Sinnenden, könne wohl kaum eine Kindheit gewesen sein als die ihre, ohne Liebe, ohne Sonne, ohne Wärme, und so war sie, Petrea, die Älteste, immer einsam gewesen und einsamer geworden. Schon als Kind hatte sie eine unendlich große schwingende Sehnsucht nach dem Meere gehabt. Während die Geschwister und die übrigen Dorfkinder ihre fröhlichen Spiele spielten, war sie alle Mal auf den schmalen Heiderücken hinaufgeklettert und hatte unentwegt lange auf das ferne Meer geschaut. Unauslöschlich waren in ihrer Erinnerung die frühesten Sonntagsstunden als die allerschönsten geblieben: wenn im Schein der Morgensonne erst noch dichte Nebel darüber hin und her gewogt waren und dann mit einem Male wie ein Opal schimmernd das Meer gegrüßt hatte. Oft hatte sie gespäht, ob nicht ein weißes Segel aufblitzte, aber niemals hatte sie bei seinem Anblick aufgeschaut, sondern stets hatte es in ihrem kleinen Herzen eine unbestimmte Traurigkeit ausgelöst wie bei einem nahen und doch entschwebenden Glück. Doch die in der Ferne schwebenden stillen Eilande nährten in ihrer scheuen Mädchenseele den Wunsch, einmal in ihrem Frieden zu atmen, einmal die Versponnenheit der Hallig zu spüren, den verhaltenen Orgelton jener grenzenlosen Meeres-Einkamkeit, Leben weckend am taufrischen Morgen, voll atembeklemmender Wehmut im sinkenden Abend, zu fühlen. Aber ihre Sehnsucht hatte sie nur gestreichelt, nie hatten ihre Füße den ersehnten sonnigen Strand betreten.

So oft sie und die Geschwister sich auch zum Sprecher der fast 90 Schulkinder gemacht und um einen Schulausflug an die See gebeten hatten, der Vater war bei seinem sommerlichen Marschhofbesuch geblieben.

Nach Petreas Konfirmation hatte die Sorge um ihre sechs jüngeren Geschwister, die Last des Haushaltes und der Kummer um den sich immer mehr dem Teepunschgenuss hingebenden Vater auf ihr gelegen, und immer seltener waren die Feierstunden ihrer Seele dort auf dem Heidhügel geworden.

Jahre kamen und gingen. – – –

An ihrem zwanzigsten Geburtstag, der auf einen leuchtenden Augustsonntag fiel, sollte sie das Meer zum ersten Male sehen, sollte darauf segeln und die kleinen Eilande mit den Blicken liebkosen. Traumhaft schön stand alles wieder so lebendig vor ihren Augen, als sei es gestern gewesen. Von einem jungen Lehrer des Nachbardorfes war es ausgegangen, und der hatte auch das Postschiff für den Tag gefrachtet. Sie hatten nahe an den Halligen vorübersegeln und dann auf Föhr oder Amrum den Sonntag hinbringen wollen. Widriger Wind und wenig Wasser hatten das nicht zugelassen, sondern sie gezwungen, an der Hallig Oland von Bord zu gehen und bis zur Abendtide dort zu bleiben. Da war natürlich zuerst bei allen Teilnehmern, außer bei ihr, ein großes Lamentieren gewesen. Gelassen hatte der graubärtige Postschiffer alles über sich ergehen lassen, bis er dann zuletzt beim Ausbooten ganz von oben her und gering schätzend gefragt hatte, sie hielten wohl die Halligleute für Halbwilde? Zum wenigsten meinten sie doch gewiss, die wären nur halbklug. Na, sie würden aber ihr blaues Wunder erleben! In den Halligfriesen säße noch Muck. Einfach und gerade im Denken und Handeln, jawohl, aber dann auch ein Pflichtbewusstsein – ei weih – da könnte man weit und breit suchen, und noch mehr hatte er unter verächtlichem Ausspucken gesagt. Dann aber hatte die Hallig selbst und zwar überwältigend zu Petrea und ihrem empfänglichen Gemüt gesprochen. Der wundervoll leuchtende Bondestabelteppich mit dem feinsilbrigen Wermut untermischt, die großen stolzen Möwen, deren Gefieder metallisch schimmerte, die Austernfischer, die sie in ihrer wichtig tuenden Gespreiztheit mit zankenden Schulmeistern verglichen hatte, und die flinken Seeschwalben in ihrem unwirklich graziösen Fluge über der blühenden Hallig und dem weiten flimmernden Meer, es stand alles wieder so deutlich vor ihr. Von dem Gottesdienste damals vor fünf Jahren war freilich nicht viel in ihrer Erinnerung geblieben, es waren zu viele Eindrücke auf sie eingestürmt, sie hatte sie nicht alle bewältigen können. Nur das hatte sie nicht vergessen, nicht vergessen können, dass der große blonde Halligfriese mit der kühn hervorspringenden Nase in dem braun verbrannten Gesicht, den der Postschiffer sich durch Flaggenfetzen herangewinkt hatte, um beim Ausbooten Hilfe zu haben, sie so unendlich zart und behutsam, als sei sie ein wunderfeines Porzellan-Nippfigürchen, auf den Arm genommen, durch das weiche, schlickige Watt getragen und sie auf den blühenden Saum gesetzt. Wie er auch am Abend, als es auf demselben Wege zum Postschiff zurückging, das Gleiche getan und ihre Hand beim Abschied nur zögernd gelassen hatte.

Der Sonntag war in seiner schimmernden, flimmernden Sommerseligkeit zu Ende gegangen, aber die Sehnsucht war wacher denn je geworden. Der junge Lehrer war häufiger als sonst nach der Halligfahrt zu ihnen in das niedrige, düstere, strohgedeckte Schulhaus gekommen. Dann hatte er sich jedes Mal an das alte Tafelklavier ihres Vaters gesetzt, das unbenutzt in der Ecke stand und nur noch einen kläglich dünnen Ton hatte. Es war ein kleines Lied, aber eine seltsam zwingende, packende und gewaltige Melodie gewesen:

„Du bist Orplid, mein Land!
Das ferne leuchtet;
Vom Meere dampfet dein besonnter Strand
Den Nebel, so der Götter Wange feuchtet.
Uralte Wasser steigen
Verjüngt um deine Hüften, Kind!
Vor deiner Gottheit beugen
Sich Könige, die deine Wärter sind."

In der Zeit meinte sie auch das Land Orplid zu kennen, und zwar in doppelter Bedeutung, das eine, was sie gesehen, in dem sie einen langen seligen Sommertag gewesen und gelebt hatte, und das andere, das nur fühlbar ist, an das man nur glauben kann. Aber ihre erste Liebe hatte mit einem heftigen Irrtum geendet, ein Frühlingsreif war über das zarte Tasten, Keimen und Knospen gegangen, der Lehrer hatte sich mit einer reichen Marschbauerntochter verlobt. Da war ihre Meeressehnsucht beinahe schmerzhaft geworden, und häufiger denn je hatte sie mit brennenden Augen und tiefem Weh nach dem fernen, ach so fernen Lande Orplid geschaut, und Herzblut war aus der Wunde geronnen.

Grau und einförmig, lastend und arbeitsreich war ihr Dasein in steter Sorge und Mühsal ohne jeden Schimmer, ohne Seelenfeierstunden dahingeflossen. Bis Knudt Petersen, der große, blonde Halligfriese, noch einmal in ihr Leben getreten war. Liebe vermeinte sie nun damals so wenig wie jetzt für ihn empfunden zu haben. Sie hatte auch nur auf einen Mann und Befreier gehofft, der sie aus der drückenden Enge und engherzigen Trübe des Vaterhauses führen sollte. Petrea hatte auf diesen Augenblick gewartet, seine Erfüllung aber in verzweifelten Stunden – und deren waren es viele gewesen – überhaupt nicht zu träumen gewagt; mit ihm gespielt, wenn irgend nur ein bisschen Mut zum Glück in ihr war, und an ihn gedacht, wenn sie sich kühnen Hoffnungen hingegeben hatte. Und nun? Ach, sie hatte das alles erreicht, war aus dem dürftigen Geestdorfe und seinem noch armseligeren Schulhause ins Land Orplid gekommen, hatte ringsum das Meer, und doch war weiter nichts in ihr wie eine ungeheure Stille. Sie freute sich auch nicht auf das Kommende, denn lange würde es ihr doch nicht ganz gehören, vom Tage des Laufens an konnte es gar nicht anders sein, als dass es nach und nach Eigentum von Knudts Mutter würde.

Dumpf aufseufzend ließ sie die letzten Kartoffeln in die Schale fallen, stand auf, wusch sie und gab sie in den Suppentopf.

Eine merkwürdige Unruhe bemächtigte sich Petreas. Sie, die sonst in den letzten Monaten lange untätig sitzen konnte, ging sonderbarerweise von einer bangen Unrast getrieben plan- und ziellos von der Küche in den Stall, von der Speisekammer in die Stuben und wusste nicht, warum sie das tat und tun musste.

Die im Hause übliche Mittagsstunde war verstrichen, ohne dass sie darum gewahr geworden war. Als sie sich dessen bewusst war, verließ sie erschrocken den Pesel und deckte rasch in der Küche den Tisch, stellte die dampfende Erbsensuppe darauf und rief die Schwiegermutter zum Essen.

Schweigend saßen sich die beiden Frauen gegenüber; auch der erwartete Tadel über die Unpünktlichkeit kam nicht aus dem strengen Munde der alten Friesin. Reenlys scharfe Augen ruhten prüfend auf dem Gesicht der jungen Frau, die bisher kaum einen Löffel Suppe gegessen hatte. „Ist dir nicht gut?", fragte sie.

„Doch, danke, mir ist ganz gut." Wieder Schweigen. Die Augenpaare sahen aneinander vorbei und blickten auf die See, die im Norden schon seit geraumer Zeit verändert war.

„Wenn Knudt bis zum Tee mit seinem Boot und den Fischen noch nicht klar ist, dann könntest du die Körbe auf dem Boden mit Heu füllen. Bis an die Luke trage ich sie und mache auch das Übrige. Wenn ich vorgegeben habe, wird er auch sicher oben sein." „Aber nein", wehrte Petrea müde ab, „Mutter soll nicht pflegen, bis dahin muss Knudt doch hier sein, oder sonst sage ich drüben beim Nachbar Bescheid, dann kommen wir wohl zurecht."

„Es bleibt so, wie ich sage", und dabei blickten die alten Frauenaugen so gelassen und kühl auf Petrea, dass die nur gleichmütig mit den Schultern zuckte. Natürlich die alte Melodie, stets muss ich mich unterordnen, dachte sie gekränkt; aber zu weiteren Erwägungen blieb ihr keine Zeit.

Ein kräftiger Windstoß riss die Südertür auf und heulte fürchterlich in das Haus. Reenly war im Nu auf der Vorderdiele, schloss sie schnell und legte den Riegel vor.

Als sie zurückkam, sah ihr hageres Gesicht grauweiß aus, und sie sagte mit tonloser Stimme, in der bange Sorge mitschwang: „Es weht härter. Wenn Knudt doch erst wieder hier wäre." Petrea erwiderte nichts. Aber ein dumpfer Schmerz nahm ganz Besitz von ihr.

Träge schlichen die Stunden und dehnten sich zu Ewigkeiten. Das Wetterglas fiel in rasender Geschwindigkeit, und ein Unheil verkündendes Brausen begann.

Die See fing an auszuholen, der Wogengang ward schwerer, und weiter draußen begannen die Wellen schon sich zu überstürzen, dass die Wogenkämme wie die Mähnen wilder Rosse zerflatterten.

Mit hohnvollem Keckern warfen sich Scharen von Möwen dem Nordwest entgegen und badeten ihre silbergraue Brust in dem weißflockigen Gischt. Wie toll schossen, flogen und wiegten sie daher, jetzt hinauf mit jauchzendem Schwung, dann hinab in die graugrünen Täler; und wieder in schwindelnde Höhe hinauf, sieghaft und kühn, um den bewegten Lüften zu trotzen. Und wurden nicht müde des stolzen, glückstaumelnden Spiels.

Der Sturm war so unerwartet schnell hochgekommen, dass die Frauen der ausgefahrenen Schiffer in Angst und Sorge schwebten.

Schwere Schritte stapften am Hause von Knudt Petersen entlang. Im triefenden Ölmantel und Südwester stand der alte Nachbar Wirk Matthiesen auf der kleinen Kacheldiele vor den beiden erschreckten Frauen und sagte zu Reenly: „Ich wollte man schnell selbst Botschaft bringen, dass wir Knudt nicht wieder mitgekriegt haben. Sahen noch früh genug das schwere Wetter kommen und machten, dass wir klar wurden. Knudt war auch erst noch mit seiner Jolle hinter uns. Da nahm er die holländische Tjalk gewahr und – o ha ja – da war bei ihm kein Halten mehr! Die meisten Fische hat er mir rübergegeben, ich bring sie euch denn gleich. Knudt war der Meinung, dass er wohl noch reinkäme, ehe es ganz hart wehte. So 'n verdrehter Jan Pieter, in See zu gehen, hmm, hm." – Als er Petreas starre Augen sah, empfand er ehrliches Mitleid mit dem jungen Weibe und er glaubte, sie beschwichtigen zu sollen: „Ich sollte dir auch ein Grüßnis von Knudt bestellen." Doch die beabsichtigte Wirkung blieb aus, die ungewöhnliche Bestellung und darum auch unwahrscheinliche verhallte, als wäre sie gar nicht gesprochen.

„Härter sollte es nicht gern für seine kleine Jolle wehen", Wirk meinte, jetzt den rechten Kurs eingeschlagen zu haben, „o ha nein, das sollte es nicht. Aber denn so", setzte er über sich selbst befriedigt, dass ihm diese Beruhigung noch zu rechter Zeit einfiel, hinzu, „denn so bleibt er eben bei Jan Pieter Sluyter. Die ‚Maria Jakoba' kriegt nimmermehr heute noch Bongsiel, die muss im Schlütt vor Anker gehen."

Reenly fragte aus bangem, sorgendem Herzen noch allerlei, ob Knudt schon jetzt an der Tjalk sein könne und warum, warum überhaupt? „Wir sollen wohl abgeraten haben und wie", verteidigte sich Wirk, „aber er hat ja scheußlich seinen eigenen Kopf." Und der Nachbar verließ mit kurzem Gruß das Haus.

Die Augen der alten Friesin irrten durch die Scheiben der Südertür über die aufgewühlten, grauen Nordseefluten. Aus dem hageren Gesicht mit der scharf hervorspringenden Nase sprach ungewöhnlicher Ernst und Strenge. Über der faltendurchfurchten Stirn schlang sich nach Friesensitte das schwarze Fransenkopftuch und deckte die dünnen, grauen Zöpfe. Reenly war hart gegen andere, aber auch besonderes hart gegen sich selbst. So aufrecht, wahr und gerade war auch ihr Denken, Tun und Handeln. Sie würde bewusst keine Unwahrheit gesagt, noch ein Unrecht getan oder geduldet haben.

Es war ja nicht immer ganz leicht, mit ihr umzugehen. Aber Petrea hatte auch nicht einmal versucht, sich ihr anzupassen; sie hörte nur immer das Nein und sah nur die Strenge und empfand die Härte und Kühle. Seit Wochen wurden nur noch die Mahlzeiten gemeinsam eingenommen, im Übrigen mied eins das andere nach Möglichkeit. Die Osterdarnsk und der Osterpesel bildeten Reenlys Reich, während im Westen das junge Paar wohnte und schlief.

Man redete viel darüber und gab unbesehen Petrea die Schuld, denn von ihr wurde als Selbstverständlichkeit verlangt, dass sie sich den Halligsitten und Friesengebräuchen unterordnen und sie anerkennen müsse. Sie aber, die immer neben aller wachen Arbeit ein Traumleben geführt und die sich auch die Ehe als ein Land Orplid, ein Land der Erfüllung und nicht ein Brachfeld, das seine Aufgaben stellte, ausgemalt hatte, fühlte, je mehr Anpassung an die nüchterne Wirklichkeit von ihr verlangt wurde, desto stärker die eigene innere Leere, und immer mehr verdichtete sie sich ihr zu dem schmerzhaften Gefühl, nicht verstanden zu werden. Vereinsamt und zurückgesetzt, auf falschen Boden verpflanzt vermeinte sie zu sein, und unsäglich schwer dünkte es sie, sich in ihr Los zu finden. Seit einigen Wochen hatte sich auch zwischen ihr und Knudt eine Wand aufgerichtet, und mehr und mehr wuchs das Gefühl der Fremdheit und Feindseligkeit. Voll dumpfer Erbitterung redete sie es sich auch so lange vor, bis sie nicht anders konnte, als daran zu glauben.

* * *

Ein harter Windstoß fuhr ums Haus und stieß die schlecht befestigte, quer geteilte Bodenluke auf und ließ sie knarrend gegen die Hauswand schlagen, dass die obere Hälfte zertrümmert und zersplittert herunterhing. Es war eine mühevolle Arbeit für die beiden Frauen, den Schaden nur erst notdürftig wieder auszubessern.

Der Nordwest raste über die See und peitschte die Wellen auf die Halligkante. Unaufhörlich sauste, brauste und heulte es in der Luft, hetzten die Wolken am grau verhangenen, tiefen Novemberhimmel gleich einem ungebändigten Reiterheer. Es war, als rängen Himmel und

Erde miteinander. Alle Elemente waren in wildem Aufruhr.

Reenly und Petrea hatten mit gestrandeten Planken und festen Krampen die Luke vorläufig dicht gemacht und schickten sich an, die steile Bodenleiter herunterzusteigen, als sie ein Rufen und Klopfen an der Südertür hörten.

Die alte Friesin zwang ihre zitternde Stimme zu gefassten Worten: „Sei doch nur vorsichtig, Petrea, dass du dich nicht noch aufs Letzte verstehst. Es soll wohl der Nachbar Wirk sein, der uns die Fische bringt."

Sie ließen den kurzen, stämmigen Mann ein, und der alte graubärtige Schiffer legte selbst bedachtsam den Riegel vor. Er heftete seine durchsichtigen Augen, in denen die Bläue des Meeres sich gefangen zu haben schien, unter seinen weißbuschigen Brauen voll auf Reenly, und als handele es sich nur um eine kleine Spazierfahrt, sagte er leichthin: „Wir haben Melvs Kutter klar gemacht und sind der Meinung, dass wir da mal eben nach dem Osten heraussegeln sollen." Wirk räusperte sich, und eine beklemmende Pause entstand.

Die alte Friesin, die in ihrem siebzigjährigen Leben ja mehr als eine Sturmflut auf der Hallig erlebt hatte, wusste sofort, was es bedeutete, bei dem schweren Wetter zu segeln. Das galt auch nicht der Tjalk, es musste um Knudt gehen.

Ihr spitzes Kinn sank auf die Brust, und jäh verdunkelten sich die Mutteraugen. Die Schmerzensfalte auf ihrer Stirn grub sich tiefer, und mit bebender Stimme fragte sie: „Ihr denkt an Knudt?"

Der Schiffer nickte ernst, dabei fuhr seine Rechte in das Band seines Südwesters, als wäre er zu eng zugebunden, und als sollte er daran ersticken. Gewaltsam zerrte er die Bänder lockerer, die doch nur ganz lose um die Bartkrause gebunden waren, und antwortete mit heiserer Stimme und seitlich gewandtem Kopf: „Melv und Bahne und auch oll Ketel und Sönke wollen für gewiss gesehen haben, dass die Tjalk so früh beigedreht hat, ehe Knudt bei ihr sein konnte. Kann auch ja leicht sein, dass Knudt ebenso gau mit seiner Jolle hinterhergegangen ist, denn der Holländer liegt nun all wieder in Bongsiel. Wenn aber Knudt anders gewollt hat, so ha ja, weil ja doch Petrea aufs Letzte geht – so ist es für ihn nicht leicht, herzukommen, o ha nein, wo seine Segel nicht mehr viel taugen, und darum wollen wir mal hin", und so rasch ihn seine kurzen, dicken Beine trugen, verließ er das Haus. Er nahm den anderen Weg, ging durch die Küche und durch den Stall und sah nichts mehr von der Bestürzung, die er hinterließ.

Reenly blickte auf Petrea, und wie sie ihre entsetzten Augen sah, in denen unnennbares Grauen stand, wusste sie, dass sie ihr nun nichts Hartes mehr sagen könnte und auch nicht wollte. Sie schüttelte nur schweigend über sich selbst den Kopf und schwieg.

Das junge Weib stand noch immer starr und stumm, aber die Todesangst im Auge und die Müdigkeit ihrer Gebärde sprachen beredt genug. „Wann, wann können sie zurück sein?", stieß sie würgend hervor, und in die Frauenzüge meißelte sich ein scharfer Leidenszug. Reenly antwortete nicht sogleich, die Augen irrten und flackerten blicklos über die nahe tobende See, die wie ein Ungeheuer grollend brüllte und auftürmend das Vorland ansprang. Donnernd schlugen die Wogen auf die Steinkante und schüttelten sich wie in grimmiger Gier.

Ein tiefer Seufzer stahl sich über die welken, dünnen Lippen. Im bleichen, scheidenden Tageslicht sah das alte Frauenantlitz steinern aus. „Wann Melvs Kutter wieder hier sein kann? Sie müssen nach einer Stunde zurück sein. Sonst, – sonst, ich weiß nichts davon. Es steht alles bei Gott. Knudt steht auch in seiner Hand. Das muss unsere Hoffnung und unser Trost sein. Alles Leid und alle Hilfe kommt von Gott, hörst du es, Petrea?"

Knudt war ihr jüngster und letzter Sohn, die drei anderen und auch ihr Mann waren auf See geblieben. Und kein Grab war da, es zu schmücken und zu pflegen, daran zu ruhen und zu beten. Alle vier schliefen auf dem Meeresgrunde.

Voll weicher Zärtlichkeit legte sie ihre Hand auf die Schulter der Jüngeren, die noch alles nicht ahnen und ausdenken konnte, was ihnen bevorstand, und sagte leise: „Petrea, Petrea!", langsam und gütig. Alles, was ihr im Herzen brannte, legte sie in den Ton und hieß dann das junge Weib in den Osterpesel gehen.

„Ich will vor Dunkelheit im Stall noch überall nach dem Rechten sehen, draußen die Pforten aufbinden und dann alle Türen dicht und fest machen."

Erstaunt über den nie vorher gehörten weichen Klang, in dem die hastigen Worte gesprochen wurden, blickte Petrea auf und ging wortlos in den Pesel ihrer Schwiegermutter.

Seltsam war ihr zumute, seltsam war es, dass sie in diesem Zimmer saß, seltsam erschienen ihr die bangen Worte, die Reenly eben zu ihr gesprochen hatte. Seltsam war das alles; am seltsamsten aber, dass ihr die ergreifende Melodie immer wieder im Ohre lag und klang und sang: „Du bist Orplid mein Land."

* * *

Dämmerung senkte sich über die Hallig. Eine merkwürdig frühe Dunkelheit zog mit tiefschwarzen Rabenschwingen schon über das Meer und legte sich schwer und lastend auf das weltferne kleine Eiland, während die vor ihrem eigenen Elemente sich fürchtenden Seevögel draußen die Luft mit ihrem wilden heiseren Geschrei erfüllten und keinen Ort fanden, wo ihr Fuß ruhen konnte.

Inzwischen hatte der Kutter sich zurückgekämpft. Die Schiffer hatten nur eine kurze Strecke segeln können. Der immer stärker werdende Sturm, die niederprasselnden Regenböen und die hereinbrechende Dunkelheit hatten ein Weitersegeln und Hilfebringen nicht zugelassen.

Dazu war das Focksegel gerissen und ein paar Luken fortgespült. Sie hatten Last genug gehabt, sich selbst und das Schiff in Sicherheit zu bringen. Aber nun stand Wirk noch Schweres bevor: sein Weg zu den beiden Frauen und die Botschaft, dass sie von Knudt nichts gesehen hätten. Es hatte ihm niemand diesen Gang abnehmen wollen.

Jetzt lag auch dies Schwerste hinter ihm. Er hatte das, was gesagt werden musste, nur mühsam herausgebracht. Wie ein Verbrecher war er sich vorgekommen, als er auch die letzten Regungen leisester Hoffnung der beiden Frauen mit Kopfschütteln verneinen musste, und war gesenkten Hauptes hinweggeschritten, nachdem er Reenlys Hände lange in den seinen gehalten und sich seiner Bewegung nicht geschämt hatte.

Eine Weile noch stand die alte Friesin regungslos auf der Vordiele und horchte auf Wirks verhallende Schritte. Ein Kampf war in ihrem Herzen, und vor ihr lag eine tiefe bange Dunkelheit, durch die kein Lichtschein drang, ihr den Weg zu weisen. Und immer schwerer und undurchdringlicher wurde die Finsternis, je weiter ihre Gedanken in die Gegenwart und Zukunft flogen.

Ein weher Laut drang an ihr Ohr. Noch einer, und ein Jammern war darin, der Reenly zurück in den Pesel drängte. Sie hob mit beiden Händen die Lampe hoch und ging zitternd auf Petreas Stuhl zu. Das Lampenglas klirrte dabei leise.

Das matte gelbliche Licht beleuchtete Petreas totbleiches Antlitz. Die weit geöffneten Augen blickten voll Grauen und Entsetzen. Zögernd nur schlossen sich die Lider – – ein qualvolles Stöhnen zitterte durch den niedrigen Raum. Ein langsames Gleiten … Liebevoll bemühte sich Reenly um die Ohnmächtige, nicht achtend, dass eine Angst ihr ans Herz kroch, als wollte sie es erdrücken.

* * *

Der Blanke Hans wühlte in den gurgelnden Fluten und schuf immer drohendere Berge, immer gähnendere Tiefen. Laut tosend und dumpf klagend hoben sich die schwarzen Wasserketten aus der brausenden, kochenden Hölle und lösten sich, oben angekommen, vornübergeneigt in brodelnden, versprengten Gischt.

Inmitten dieser höllisch schäumenden Wüste schaukelte Knudt Petersens Boot. Der Mastbaum und die Segel waren längst von der gierigen See geholt, und jede hohe Welle leckte mit weißer Riesenzunge über die Jolle, sie hungrig in den tückischen Schlund zu ziehen. Aber wie durch ein Wunder hielten noch beide Anker an Tau und Kette.

Bis zur Erschöpfung hatte Knudt gearbeitet, und seine Brust ging schon schwer. Jede Woge überspritzte ihn mit ihrem Gischt und warf ihr Wasser in sein Boot, und schon die nächste konnte es zum Sinken bringen. So hatte er mit dem Eimer das Wasser ausgeschöpft und alle Sinne darauf gerichtet, Gleichgewicht zu halten. Und schöpfte und balancierte seit sieben Stunden!!! --- Nur sekundenlang gönnte er sich spärlich dann und wann eine kurze Pause und fuhr jedes Mal mechanisch mit seinem triefenden Ärmel durch sein nasses Gesicht. Es war nicht das erste Mal, dass er dem Tode ins Auge sah. Er war ihm im Nebel, im Sturm, auf dem trügerischen Watt und auf See begegnet, und seine Hand am Steuer und sein Herz waren ruhig geblieben. Auch heute war es so gewesen, bis eben Melves Kutter ihm so nahe gekommen war, ohne dass die Nachbarn ihn bei den niedergehenden Regenböen in seinem Boote gesehen hätten. Geschrieen hatte er, wie ein verwundetes Tier brüllt, aber der Schall hatte sie nicht erreicht, und waren doch kaum mehr als fünfzig Meter von ihm entfernt gewesen, ehe sie durchgingen.

Er riss seinen Ölmantel ab, winkte mit ihm und ließ ihn flattern!

Vergebliches Mühen! Zu hoch die Wellenberge – zu tief die Wellentäler, und unbarmherzig verschlang die Sturmsymphonie jeden Ton.

Seine Augen brannten. Noch einmal machte der Kutter einen Schlag, kam noch einmal zehn Meter näher und mit aller Kraft, die ihm noch zu Gebote stand, gellte sein lang gezogenes: „Ahoi! Ahoi!" Umsonst!

Mit einem Sprung war er auf der Steuerbank.

Jetzt hob die Woge sein Boot in die Höhe: „Ahoi!", brüllte er in den Sturm hinein.

Sie mussten, mussten ihn doch hören! Aber da war er auch schon wieder in der Hölle von weißflockigem Gischt. Noch lauschte er mit angehaltenem Atem auf Antwort.

Da – alle seine Muskeln spannten sich und lösten sich dann.

Da – was war das? Der Kutter wendete! Das weißgraue Focksegel schlug hin und her, breitete sich dann mit wildem Schlage spitzwinkelig aus und riss mitten durch und flog wie dunkle Bänder durch die grauenhafte Finsternis.

Knudts Herz tat einen dumpfen, pochenden Schlag. Es war nicht Furcht, es war nicht Feigheit, es war eine schicksalhafte Macht, die kalt und drohend nach ihm zu greifen schien, und er zitterte am ganzen Leibe.

Er fiel auf die Steuerbank zurück und schöpfte weiter. Seine Augen schmerzten von dem salzigen Wasser und von dem angestrengten Ausschauen.

Er schöpfte und schöpfte mit letzter aufbäumender Kraft. Rauschten nicht schon die dunklen Tore der Ewigkeit und öffneten sich ihm weit?

Alles war Abwehr in ihm. Nein, nein, so nicht! Heute nicht, noch nicht! Er musste es zwingen!

Nicht das Alleinsein und nicht das Sterben war's, was ihn schreckte. Auch der Gedanke an unerfülltes Glücksverlangen machte ihm das Herz weder bang noch schwer. Sein Fortgehen von Petrea war es.

Petrea! Wild kreisten seine Gedanken um sein junges Weib, und die Schuld stand großäugig daneben und verdammte ihn. Wenn er heimkam, wollte er gutmachen, was er versäumt hatte. Er wollte alles auf sich nehmen, kein Schatten sollte und durfte auf Petrea fallen. Nur heimkommen musste er, er musste es zwingen.

Petrea! – – Und es war, als gäbe ihm der Gedanke neue Kraft und belebenden Mut.

Sein Körper, der seit vielen Stunden vom Meerwasser unaufhörlich begossen wurde, empfand weder Kälte noch Nässe mehr.

Er kämpfte um sein Leben.

So arbeitete er ununterbrochen ungewisse Zeit. Plötzlich kam ihm der Gedanke, wie spät es sein mochte.

Mit Schöpfen innehaltend, suchte er mit erstarrten Fingern die geteerte Jacke aufzuknöpfen. Der verklammte Daumen fuhr mit dem Mittel- und Zeigefinger unter den Sweater und holte die Hornkapsel mit der Uhr heraus.

Ungläubig starrte er auf das Leuchtzifferblatt. War das möglich? Die Fluthöhe war längst vorüber, und er war seit zehn Stunden im Boot. Er sah auf. Das Meer raste nicht mehr in der gespenstigen Schnelligkeit, und die Gischtwogen klatschten auch nicht mehr mit solcher Regelmäßigkeit auf ihn nieder. Fast schien es ihm, als klänge das wilde Geheul weniger dämonisch durch die grausige Nacht. Von neuer Hoffnung beseelt bückte er sich nach seinem Eimer.

Was war das? War das seine eigene Bewegung gewesen?

Nein, seine Jolle trieb!

Eine furchtbare Angst kroch langsam näher, immer näher. Eine tödliche qualvolle Angst. Er fühlte sie wie etwas Körperhaftes.

Nun war alle Hoffnung dahin!

Die Anker mussten unklar geworden sein. Wer wusste, wie lange er schon trieb, und wer konnte ihm sagen, wohin! Das wusste nur Einer, und Verzweiflung überfiel ihn.

Doch nicht lange währte es. Wenn er nur hätte etwas sehen können! Aber Nacht ringsum. Da schien ihm das Auf- und Abschwellen seiner Jolle weniger zu werden, auch die Spritzer ließen nach.

Hier musste er doch irgendwie auf Flachem sein, eine andere Erklärung gab es nicht. Wenn er doch nur noch seine Riemen oder die Stokelstange noch gehabt hätte!

Wo war er? Wo?

Mit einem Male schlingerte das Boot und saß im nächsten Augenblick mit laut knirschendem Schurren auf Sand.

Knudts Atem keuchte, noch wagte er den Gedanken nicht zu Ende zu denken.

Gott sei Dank! Watt! Er saß wenigstens auf keiner Sandbank.

Er stand aufrecht im Boot und reckte und streckte in einem unnennbaren Gefühl seine steifen Glieder.

Wenn nur die Finsternis nicht gewesen wäre. Nun hob er seine Beine über den Bootsrand. Das Watt war bald frei, und er haspelte die unklar gewordenen Anker auseinander und setzte sie tief in den weichen Schlickgrund.

Aber wo nur, wo?

Vielleicht, wenn er der kleinen Rinne da am Boote, die das ablaufende Wasser sich gegraben hatte, folgte, sie würde ihm ein sicherer Wegweiser zum Boote zurück sein.

Bei jedem Schritt, den er vorwärts tat, spritzte das Wasser unter seinen Sohlen und gurgelte in seinen vollgelaufenen Seestiefeln. Hier und da sprang klirrend eine Muschel unter den wuchtigen Tritten entzwei, bis auf einmal die Füße tief in langes Gras sanken.

Des Mannes Herz tat einen raschen Schlag, und fast wäre er der Länge nach auf den Grasteppich gefallen.

Knudt stand auf dem Vorlande seiner Hallig. Heiß stieg es ihm in die Augen.

Aber nun war seine Spannkraft auch zu Ende. Jäh brach die völlige Erschöpfung über ihn herein. Nun noch 25 Minuten in dem triefend nassen, schweren Zeug, in den bis oben vollgelaufenen hohen Stiefeln laufen. Er mochte und konnte nicht mehr!

Jetzt sich nur ins Gras werfen und schlafen! Knudt wusste und fühlte, er würde sofort einschlafen, und was machte es denn, wenn das Wasser wiederkam? Der Hölle war er entronnen, es würde nur noch ein Hinüberschlummern sein. Das schien ihm so verlockend, das war so friedlich.

Da stolperte er im Gehen und brach in die Knie.

Noch einmal wurde sein Geist wach, der von ungeheurer Müdigkeit gelähmt gewesen war. Er dachte an zu Hause und wie ein Blitz fuhr es ihm durch den Sinn: Petrea.

Und der Mann riss sich zusammen. Die von vielem Meerwasser entzündeten Augenlieder schmerzten, aber er achtete des nicht, sondern warf sich gegen den Wind und hastete vorwärts, so schnell ihn seine zitternden Beine tragen konnten.

Ein langer mühseliger Weg. – –

Er stand am Fuße der Warf. Alle Hallighäuser lagen dunkel. Es war ja auch Mitternacht.

Aus den beiden unverhängten niedrigen Fenstern im Osten seines Hauses fiel ein breiter Lichtschein und glänzte hell und klar über die Ligusterhecke.

Nur Mutter war auf? Und bei Petrea kein Licht? War das von schlechter Bedeutung? Denn beieinander würden die beiden Frauen doch kaum sitzen. Unwillkürlich verlangsamte er seine Schritte, als lege sich eine neue schwere Last auf ihn.

Mit müden Füßen stapfte er über den Klinkerweg.

Die beiden Frauen horchten auf, nein, so ging Knudt nicht.

Vor Petreas Augen stand eine dunkle Schmerzenswand. Sie erhob sich mühsam, aber der rasche Schlag ihres Herzens wollte sie beinah umwerfen. In heißer Angst spähte sie nach der Tür und war doch unfähig, auch nur einen Schritt vorzugehen. Von den Lippen sprang es, ohne dass sie erst wusste, was ihr Mund sprach: „Knudt,

Knudt!", und immer wieder, bis aus dem Geflüster und Gestammel ein Schrei wurde. Alles, was unbewusst seit Jahren in einem Herzenswinkel geschlummert hatte, brach nun gewaltsam hervor.

In der Peseltür stand Knudt, und weit breitete Petrea ihre Arme nach ihm aus.

Hand in Hand traten sie zu Reenly: „Mein Sohn, mein lieber, lieber Sohn!" Noch nie hatte ihre Stimme so warm geklungen. Sie war aufgestanden, hatte ihren Arm um seine Schulter gelegt und begleitete ihn zu dem Stuhl, auf den er sich erschöpft fallen ließ.

Aber wohlig warm war ihm ums Herz. Er schaute von einem zum anderen, als könne er es nicht fassen; dann gab er Antwort auf die Fragen seiner Mutter. Ja, er hatte Melvs Kutter gesehen, war ganz nah bei ihm gewesen, aber Jan Pieter Sluyter, wo der abgeblieben war, wusste er nicht.

Dann fingen seine Antworten sich zu verwirren an, er fühlte es selbst und rief: „Zu Bett, ich muss schlafen. Lasst aber noch überall Bescheid sagen, dass ich da bin."

Er wusste es nachmals nicht mehr, was dann weiter mit ihm geschehen war.

Die beiden Frauen entkleideten ihn und betteten ihn trocken und warm.

Dann wachten sie an seinem Lager. Bange, ängstliche Stunden.

Bald durchraste Fieberglut den erschöpften Körper, bald zitterten alle Glieder im Schüttelfrost, bis er endlich in ruhigem, tiefem Schlaf lag.

Da wandte sich Reenly zu Petrea, Hand fand sich zu Hand. „Von Gott kommt alles Leid und auch alle Hilfe. Weißt du es nun, Petrea?" Sie stand auf, küsste, was sie noch nie getan hatte, die Schwiegertochter leise auf die Stirn und ging schweigend hinaus.

Petrea aber saß noch Stunde um Stunde an dem Bette mit im Schoß gefalteten Händen. Unverwandt schaute sie auf den Schläfer, dessen Atemzüge nach und nach ruhiger wurden. Etwas Fremdes, Neues sprach zu ihr aus den Zügen. Da begann ihre Seele in der seinen zu lesen ...

Voll schlug der Mann seine Augen auf. Sekundenlang nur.

„Ree – – woran denkst du?"

Ein Zittern rann durch ihre Glieder, sie schmiegte sich an ihn: „An unser Kind", und in den dunklen Frauenaugen lag tiefe Glückseligkeit.

Dennoch Heiliger Abend

Der Weihnachtstag brach herein, grau, neblig mit Schneegestöber.

Das Wattenmeer lag im ersten Frühdämmern vereist da und gemahnte in seiner unendlichen Weite an die Polarwüste. Eine grenzenlose müde Einsamkeit schlich wie ein gegenständliches Etwas von allen Seiten heran, und ringsum herrschte Stille und Schweigen. Gigantische Eisblöcke standen wuchtig und drohend auf den weiten Schneefeldern, und die einzige Bake, die dem harten Winter bisher trotzig standgehalten hatte, neigte sich, halb vorgebeugt von der weißen Last, als lauschte sie in die weite Einöde, ob nicht irgendein Widerspruch gegen die stille, reine, helle Welt laut würde.

Langsam und träge schlichen die Stunden des 24. Dezember dahin. Die glückfrohe Geschäftigkeit dieses Tages, das wonnig-eilige Fertigwerden zum Heiligen Abend liegt den ernsten Halligfriesen ebenso wenig, wie es für Halligkinder ein selig-heimliches, verstohlenes Durchs-Schlüssellochgucken gibt, einfach darum, weil die Türen statt der Schlösser und Schlüssel nur Klopfer oder Stöpsel und einfache Schieber haben.

Am heutigen Tage lastete aber noch etwas anderes auf Jung und Alt und dämmte die Vorfreude auf das Christfest ganz besonders schmerzhaft zurück. Das Wetterglas fiel seit Mittag mit einer rasenden Schnelligkeit, wie es selbst die ältesten Schiffer auf dem Eilande noch nicht erlebt hatten.

Ein dumpfes, anhaltendes Dröhnen kam vom Osten her, wo sich eine Wolkenmauer auftürmte, die schwärzer und dichter war als der Nebelschleier, der den Horizont verhüllte. Zu gleicher Zeit stimmte der Nordwind ein trutziges Siegeslied an. Regenböen prasselten nieder, schwere Tropfen, die im Niederfallen zu Eis gefroren.

Eisschollen barsten, als zögen klingende Pflugscharen durch die weite Fläche, hier und da stieg gurgelnd und grollend lange zurückgehaltenes Meerwasser und suchte herrisch seinen Weg. Die einsame Bake mit ihren auffällig schwarzen Ruten, Strünken und Besenschopf schwankte gegen den fahlen Himmel und stürzte dann jäh in die aufklatschende See.

Immer mehr Wogen streiften die lästigen Fesseln ab, und durch das Dunkel des Heiligen Abends vernahm man deutlich das gellend frohlockende Keckern und Schreien der aufgeschreckten Möwen, die sich der unerwartet freigegebenen Beute freuten. Ringsum Einsamkeit, Dunkel und Kälte, Vorboten des Todes.

Der eisumpanzerte Gürtel, der die Halligen umgeben hatte, war gelöst. Peitschend fuhr der grimmige Nordwind über den Steindeich des Eilandes und riss an sich und mit sich, was er am Wege fand.

Bald schäumten die ersten Wellen über das Vorland hin, und es währte nicht lange, da hatten noch wildere Wellenschwestern in unbezähmbarer Gier halbe Warfhöhe erreicht, wo sie in immer toller werdendem Reigen laut krachend die Eischollen zersplitterten.

Zerstäubender Gischt netzte schon die niedrigen Pforten der kleinen Gärten, und besonders dreiste und kühne Wellen leckten zischend und brodelnd über die Beete hinweg.

Der Sturm wuchs zum Orkan. Alle Stimmen der Nacht wurden wach und erfüllten die eisige Luft mit hohnvollen Lauten.

Und dennoch: Heiliger Abend!

Aber den Halligkindern brannte heute kein Christbaum. Wo wäre in einem Hause dazu Zeit und Ruhe gewesen? Jetzt galt es, alle gebotenen Vorsichtsmaßregeln zu treffen, die Türen zu sichern und die Ställe dicht zu machen. Halligkinder müssen früh verzichten lernen.

Wohl zeigte sich hier und dort ein Blondkopf an den breiten Fenstern und drückte das Näschen platt an den niedrigen, bleigefassten Scheiben. Sehnsüchtig gingen die Augen der Kleinen über die trennende Wasserwüste nach der Kirchwarft, die höher als alle übrigen Warfen schattenhaft aus der Dämmerung wuchs.

Dorthin sollten doch eigentlich alle gleich mit großen Blendlaternen gehen, so war es ihnen schon seit langem versprochen. Und in einem geheimen Plätzchen der kleinen, pochenden Kinderbrust grünte ein Hoffnungszweiglein, als könnte auch jetzt noch ein Wunder geschehen.

Die Erwachsenen hielten sich zumeist mit solchen Gedanken nicht auf; sie hemmten nur unnötig die Arbeit, die doch so schnell und dringlich getan werden musste.

Die Zeit der Christvesper war gekommen. Aus dem Pfarrhause, das neben dem Gotteshause auf der Kirchwarft gelegen war, trat der Halligpastor im Ölzeug und Südwester. Er stemmte sich seitlich gegen den Sturm an, bis er den niedrigen, frei stehenden Holzglockenturm erreicht hatte, und zog das Glockenseil. Vor zwei Jahrzehnten war er, aus dem Harz kommend, auf das Eiland hoch oben in der Nordsee gegangen und wusste, dass heute auf keiner Warf, in keinem Hause seiner Gemeinde ein Tannenbaum brennen würde und dass einfach niemand kommen konnte, das Wunder von Bethlehem zu hören.

Er läutete: Es sollte doch Weihnacht auf der Hallig werden!

Laut und feierlich, wie von einem unnennbaren Jubel durch Wellengraus und Sturmgebraus, klangen die Christglocken.

Bis auf die entfernteste Warf hin sang und drang der jauchzende Ton, und minutenlang hielten selbst die emsigsten Hände und schnellsten Füße der Halligleute mit der eiligsten Arbeit inne, lauschten dankbar gerührt dem Gruße und murmelten ein scheubewegtes: „O ha ja, unser guter Pastor."

Er läutete, bis die frosterstarrten Finger das Seil nicht mehr halten und zu ziehen vermochten. Seine Frau war

inzwischen zu ihm gekommen; nun betraten beide das Kirchlein.

In der engen, schmalen Sakristei half die Pfarrfrau ihrem Mann in den Talar; dann zündete sie alle Kerzen in den Leuchtern und die am kleinen mitgebrachten Tannenbaum an.

In diesem Augenblick schrie auf Hanswarf ein fünfjähriger Knirps in unbeschreiblichem Entzücken: „Babe – – Mehm – – Babe – o – Mehm – löket dat Christbern eeh?!" – –

Dabei wies der kleine Mann selig und hingerissen auf die fernen, hell erleuchteten Kirchenfenster, deren matter gelber Lichtschein sanft zitternd und verheißungsvoll und tröstend zugleich in die grauenhafte Dunkelheit floss.

Nun war das Christkind doch gekommen, und es wurde doch noch Weihnacht!

Was der Pfarrfrau an den Sonntagen eine lieb gewohnte Aufgabe war, den Gemeindegesang auf dem Harmonium zu begleiten, jetzt am Christabend wurde es ihr zu einer heiligen Pflicht. Schon knisterten einige Tannennadeln am Weihnachtsbäumchen, und ein zauberhafter Duft stieg wie Weihrauch empor, da erfüllten die altehrwürdigen Akkorde das Halligkirchlein, und die wundervolle Frauenstimme sang: „Vom Himmel hoch, da komm ich her." – – –

Sie wollte doch auch helfen, dass es Weihnacht werde auf der Hallig.

Und es wurde Weihnacht!

Bei den Kindern in den Häusern fing es an. Da fassten sich die vier auf Okkenswarf: Ketel und Eike, Melv und Agnete, auf einmal an den Händen und stimmten, vor dem breiten Fenster stehen bleibend, an: „O du fröhliche – o du selige – – gnadenbringende Weihnachtszeit." Da saß auf der Schulwarf des Lehrers Einziger und versuchte mit glänzenden Augen die schimmernden Kerzen zu zählen, und kleine und große Menschen träumten und ahnten die

Wunderherrlichkeiten des ihnen nahen himmlischen Kindleins.

Draußen brandete die See.

Erbarmungslos brüllte der wilde Sturm seine machtvollen Urmelodien gegen die Kirchenfenster, schüttelte und rüttelte an der Tür, als wollte er sich gewaltsam Einlass erzwingen.

Mit schrillem Laut und höhnischem Klingen zerschellten große Splitter von treibenden Eisschollen am eisernen Kirchhofsgitter, und drinnen erklang aus ernstem Männermunde der Gruß, über den kein anderer Gruß in der Welt geht: „Ehre sei Gott in der Höhe und Friede auf Erden und den Menschen ein Wohlgefallen!"

Das Kirchlein erbebte unter dem wütenden Anprall der eisigen Wogen, der Sturm blies schaurig durch die Ritzen, dass die Kerzen hin und her flackerten und einige davon erloschen.

Des Pastors sorgenvolle Blicke gingen nach den Fenstern, als suchten sie hinter ihnen auf den Warfen in den Häusern die ihm Anvertrauten.

Da trat er unter den brennenden Tannenbaum, schlug seine Altarbibel auf und verlas mit lauter Stimme, als müssten die heiligen Worte Kraft haben, durch Sturmgebrüll und Wolkengraus in die Häuser und Herzen seiner Gemeinde zu kommen, das Weihnachtsevangelium: von den Hirten auf dem Felde, von himmlischer Klarheit, von seligster Botschaft und von dem Lobgesang der Engel.

Nach seinem Gebet um Schutz und Schirm für die gefährdete Hallig, für alle Schiffe da draußen auf dem weiten, stürmischen Meer, und mit der Bitte um eine gnadenreiche, gesegnete Weihnacht für seine Gemeinde, für sich und die Seinen, für alle Menschen schloss er das heilige Buch der Bücher.

Die Frauenhände griffen in die Tasten, und in unendlicher Rührung schwebte leis und zart von begnadeter Stimme gesungen das „Stille Nacht – heilige Nacht" herab.

Die Fluthöhe war vorüber. Die Windstärke hatte zwar noch nicht nachgelassen, aber das Wasser stieg schon seit geraumer Zeit nicht mehr.

Heimtückisch und widerwillig, wie in unehrlichem Kampf bezwungen, so ebbten die eisigen Flutmassen zurück. Die Gefahr dieser Christsturmflut war beseitigt.

Wohl war es für eine Bescherung am Heiligen Abend zu spät geworden, aber den Tannenbaum – die Sehnsucht aller – – den konnte man doch noch schnell anzünden, und ein Weihnachtslied konnte auch noch gesungen werden.

So schickte das Christkind aus dem Halligkirchlein die goldenen Strahlen seiner Liebe auf alle Warfen, in jedes einzelne Haus, und wo ein Schimmer die Darnsk oder den Priel gestreift hatte, da leuchteten glänzende Kinderaugen und da falteten sich harte, raue und welke Hände über dem Buch mit der heiligen Geschichte.

In der Kirche verlöschten nach und nach die Kerzen.

Als alle niedergebrannt waren, schritten der Pastor und seine Frau, die Kinderlosen, eng aneinander geschmiegt, wie zwei glückselige Kinder aus dem Kirchlein und erkämpften sich den Weg in ihr Halligpfarrhaus.

Thalke Thyssen

Schwer rollte die See.

Im Nordwesten ballten sich schwarzgraue Wolkenmassen mit violetten Rändern, und kaum dass sie Gestalt angenommen hatten, zerrissen sie wieder und flogen wie Herden aufgescheuchter Tiere über den Himmel. Eine schwefelgelbe Wolke wälzte sich über der östlichen Kimmung und schwoll an wie der Körper eines riesenhaften Urzeitgeschöpfes.

Aus dem Meere erhoben sich Wellenrosse mit rauschenden, weißen Mähnen. Es schien, als stiegen sie aus der Tiefe des Ozeans; bleich vor schon zu lange zurückgehaltenem Grimme, wiehernd und schnaubend vor wachsender Zerstörungswut, als müssten sie alles vernichten, zerstampfen, zermalmen. Hagelschauer mischten sich eiskalt in die prasselnden Regenböen.

Der Wind war jäh umgesprungen. Er kam mit dumpfem Heulen aus Nordost. Vom Osten her näherten sich die schwarzen dunklen Abendschatten, zerteilten die schwefelgelbe Wolke, sogen sie auf und legten sich über das wogende, grollende Meer.

Thalke Thyssens an Dunkelheit geübte Augen schienen vom Abenddämmern nichts zu merken. Weit übergebeugt stand sie seit geraumer Weile an der Kante, und als blende sie Sonnenlicht, hielt sie schirmend die Linke beim Ausspähen über die weit geöffneten Augen.

Schäumender Gischt flog durch die Luft und feuchtete ihr Gesicht. Sie achtete dessen nicht.

Immer mehr Wasserberge rollten heran, schwarz, mit grellweißem Schaum auf den Scheiteln. Sie gischteten und brandeten wütend an das Ufer.

„Harte See ist's", murmelten Thalke Thyssens welke Lippen, „Meinert sollte doch nun auch kommen. O ha ja, wie lange bleibt er doch weg!"

Da – da! Tauchte nicht da in der Ferne ein weißes Segel auf, wie der Fittich eines erschreckten großen Vogels mitten in kreischender Möwenschar?

Zitternd schob sie die wehenden, dünnen weißen Haarsträhnen unter das Kopftuch, strich glättend über die seidengestickten Schürzenkanten, einmal, zweimal – und stand dann wieder, die Linke schützend über die Augen gehalten, in glückfroher Erwartung.

„Jui, jui, juuhii! O ha ja!" Sie kannte das Boot und Meinert, ihr Meinert saß am Steuer!

O ha ja – jetzt konnte sie ihn ganz genau und ganz deutlich sehen. Jui, juhi – juuhii, und morgen war ihr Hochzeitstag!

Jaa, aber was wollte er denn nun? So ganz gegen den Wind! Wollte er reffen? Ging sein Schiff nicht backbord?

Nein, es machte eine rasche Wendung steuerbord. Nun krachte es in den Masten, und eine Minute lang flatterten die Segel.

Eine mächtige Dünung, schwarzgrün mit flatternden Schaumfetzen jagte heran und begrub erbarmungslos alles unter sich.

Thalke Thyssen blickte lange und angstvoll in die schaurige Wasserwüste. „Konnte denn das Schiff den

Priel nicht finden? Wo war es denn jetzt?" Da ragte es wieder steil aus den Wogen heraus. Kam näher.

Nun sprang Meinert vom Steuer auf, – – jetzt war er am Mast, presste, ihn mit den Beinen fest umklammernd, die Knie zusammen, die rechte Hand griff ins Tauwerk, die andere legte er zum Ruf an den Mund. O ha ja, was gut sie das alles sehen konnte!

„Moorgen!" – – – o ha – ganz deutlich hatte sie 's gehört. Aber warum hatte er denn nur ein Wort gerufen? –

Thalke Thyssen griff sich an die Stirn, ihr Kopf war voll dumpfer Gedanken. Was hatte sie doch nur hier an der Kante gewollt? Warum und nach wem hatte sie denn ausschauen wollen?

O ha ja, morgen war doch ihr Hochzeitstag!

– – – Und dann tappte sie von Warf zu Warf, klopfte an sämtliche Fenster und rief mit gellender, kreischender Stimme, dass auch ja alle morgen zu ihrer Koost kommen sollten. Es war ein mühseliger, langer Weg von Bandixwarf bis Hilligenley, und über die alte Kirchwarf zum Leuchtturm hin stolperte sie oftmals über ihre müden Füße. Schwerfällig tastete sie nach den untersten Stufen und rastete dort auf den kalten Steinen. Die langen dürren Arme hielten die zitternden Knie umschlungen, während die glanzlosen Augen irr und wirr in den breiten Lichtstrahl blickten, der aus dem Turm auf das nahe brausende Meer fiel.

Nach einer Weile streckte sie den hageren Oberkörper vor und richtete sich stöhnend auf. Ganz langsam schritt sie weiter, häufig trat sie aus den Klotzen, aber die frosterstarrten Füße empfanden keine Nässe mehr, und trotz der Dunkelheit überquerte sie ohne Schaden die verschiedenen Prielbrücken, bis sie aufatmend vor ihrem kleinen Häuschen stand. Ehe sie mit zitternden Händen die Türe aufklinkte, drehte sie sich um. Über ihr Gesicht lief ein Zucken und das wilde gellende Lachen war so laut, als sollten es alle Warfen von Bandix bis Hilligenley hören.

Schwer rollte die See.

Wüst tobte und peitschte der Novembersturm, rüttelte heulend und johlend an den Fensterläden und fuhr mit schrillem Pfeifen in die Schlote, dass helle Funken in die Beilegeöfen sprühten.

Die Nacht kam ohne Sterne.

Dumpfklagend strich der Wind um Thalke Thyssens Haus, das sich wie Schutz suchend an das Schulhaus kuschelte, nur ein winziges Gärtchen trennte die beiden Häuser.

Arme, arme Thalke Thyssen! Nun waren sie wieder da, die schlimmen, schlimmen Tage!

Sie ist was wunderlich, sagten die Halligleute von ihr, ist aber ja immer was ruhig und gutmütig, o ha ja, das ist sie, armes Stakkel! – und dann ließen sich die jungen Leute von dem neunzigjährigen Bonke Brodersen immer wieder die traurige Geschichte erzählen:

„Es sollen nun wohl schon mehr als an die fünfzig Jahre her sein, da war Thalke Thyssen ein junges Friesenmädchen, war an Meinert Boysen verlobt, war eine lachende, glückstrahlende Braut, so wie du jetzt auch, Mallenke Rickertsen. Die beiden, was hatten die sich lieb, ja lieb, die wollten nicht warten mit Koostgeben bis Donnerstag vor dem ersten Advent, wie das in alten Zeiten war. Nein, sie wollten am Martinstage Hochzeit halten. O ha ja. An einem Mittwoch war's. Schwer rollte die See.

Ich lag an schwerer Lungenentzündung im Wandbett, war aber schon wieder was in Besserung. Meinert Boysen musste mit vier anderen hinaus, im Nordwesten saß ein holländischer Dreimaster fest. O ha ja, was weinten die vier Frauen! Es wehte auch hart! Meine Mutter saß vor dem Fenster und spann. Lange war das nicht, dann stellte sie das Spinnrad weg und sagte zu mir: „Wer herausfährt, wenn es so hart weht, der hat sein Totenhemd an." Es waren ja nicht bloß die Hilligenleyer Frauen mit den Männern ans Schiff gegangen, o ha nein, auch die Peterswarfer und Mayenswarfer und alle hatten geweint. Nur Thalke

Thyssen nicht. Die hat strahlend ihren Liebsten angesehen, wie er schweren Herzens von ihr ging und lachend gesagt: „Morgen ist unser Hochzeitstag! Meinert!"

Ach niemals machte sie Hochzeit. Meinert Boysen ging und kam nie wieder. – Dem Holländer, dem Dreimaster, haben unsere Fünfe keine Hilfe mehr bringen können, er ist vor aller Augen weggesackt. Auch die Nachbarn haben das mit ihren Kikern gesehen. Dann sind die Unsern zurückgekommen. O ha ja, was für eine schlimme Fahrt! Stundenlang hat die Heimfahrt gedauert. Schwere Sturzseen brachen über die Tapferen, drückten sie mit Zentnerlast nieder und schlugen ihnen die Ruder aus den Händen. Es soll gewesen sein, als spielte die salze See Fangball mit dem Schiff. Aber sie habens denn doch geschafft, sind so nahe heran gekreuzt, dass die auf dem Ufer Stehenden die Fünfe deutlich erkennen konnten. Da hat sich Meinert an den Mast geklammert, als wollte er seiner Liebsten was zurufen: „Morgen!" Das haben alle noch gehört. O ha, o ha! Plötzlich war es, als würde das Schiff am Heck und am Bug von Riesenfäusten gepackt und geschüttelt. Es hat sich ganz aus dem Wasser gehoben und ist dann dumpf zurückgefallen. Der Klüverbaum fegte knatternd über Bord und eine unerbittliche Welle schleuderte Meinert in die grauenhafte, schäumende Brandung – – vor aller Augen!

Hüben und drüben aus verzerrtem Munde Schreie aus Todesnot! Und doch war keine Hilfe, keine Rettung möglich! Eine Sturzsee donnerte über Deck, und in demselben Augenblick machte das Schiff einen Sprung, seitwärts. Allen – drüben und hüben – erfror das Blut. Meinert Boysen liegt da unten in seinem nassen Bett, schon über fünfzig Jahre. Es hilft kein Wimmern und Klagen und Stöhnen, der graue Wassermann deckt seine kralligen Riesenfäuste über das Totenfeld und gibt kein Gebein aus seinem ungeheuren Wellenreich her. So ist auch Meinert tief da unten geblieben. O ha ja. Thalke Thyssen ist aber seit dem Tage, an dem sie ihren Liebsten vor ihren Augen in der Brandung hat untergehen sehen, wunderlich. Sie ist ja sonst was gutmütig und tut keinem Kinde was und braucht darum auch nicht nach Schleswig. Nur wenn der November kommt und es hart weht, dann kommt jedes Jahr eine schreckliche Hast, eine unsinnige Unruhe über sie, und was sie dann macht, wisst ihr doch alle, o ha ja, das wisst ihr doch" – – sagte zum Schlusse jedes Mal der alte Bonke Brodersen und humpelte davon.

Ja, sie wussten, dass der letzte furchtbare Abschluss ihres sonnigen Glücks aus Thalke Thyssens Gedächtnis völlig geschwunden war.

Jeden Herbst, so vor oder nach dem Martinstage, die Kalenderzeit war weniger bestimmend als Sturm, da weckte der klagende Novemberwind in ihrem alten Herzen Erinnerungen. Es waren keine klaren Vorstellungen, doch die feste Zuversicht war drunter: „Er kommt heute, morgen ist unser Hochzeitstag, Meinert muss heute ja kommen."

Jeden Herbst hoffte sie, schmückte ihr Häuschen, schmückte sich selbst, denn ihr Meinert musste ja doch kommen.

Sie fegte und scheuerte und putzte alles blitzblank. Die alten weißblauen Kachelwände im Pesel glänzten, in dem Stülp und den Messingkugeln am Beilegeofen konnte man sich spiegeln, und das Schloss und die Beschläge an der Brauttruhe blinkten und glitzerten mit den Türklinken um die Wette. Vor dem Wandbett hingen frisch gewaschene und steif gestärkte Vorhänge, und schneeiges Linnen umbauschte die hoch gestapelten Betten. In den eingelassenen Wandschränken standen neben den Amsterdamer Tassen mit dem dicken Roterosengirlandenmuster hauchzartes japanisches Teegeschirr, und von dem halbhohen, in tiefen Farben gemalten Eckschrank sahen seit einem halben Jahrhundert und darüber zwei ziemlich große englische Porzellanhunde dumm und nichts sagend aneinander vorbei. Ein kleiner Blechkajütskoffer hing gefüllt mit frischen goldgelben Knerken neben dem Schiffsmodell unter der niedrigen Decke.

Blitzsauber war das ganze Haus von oben bis unten, und über dieser Reinlichkeit lag ein warmer Hauch von Hoffnung.

Thalke Thyssen saß auf einem hohen steiflehnigen Armstuhl vor dem Spinnrade, aber die welken Hände ruhten müßig im Schoße. Sie war angetan mit ihrem besten Friesenstaat: aus schwerem schwarzen Damast war die kurze Taille, über dem faltigen Tuchrock die breite Schürze, Kopf- und Brusttuch aus feinstem Kaschmir.

Die Greisin wartete, sie schloss die von vielem Warten müde gewordenen Augenlider und lauschte mit einem frohen Lächeln auf den schmalen Lippen auf jedes Geräusch.

„Wie die See heult und schreit", dachte die Arme, „und die Wogen brüllen, als wären sie hungrig." O ha ja, so haart wehte es auch, als ihr Liebster hinausfuhr, war mit anderen Nachbarn ins Boot gegangen und blieb so lange fort. – – – „Morgen machen wir Hochzeit!", so hatte er doch gesagt, und wenn Meinert Boysen das sagte, dann kam da auch was nach. Denn so war das doch auch, sie und ihr Meie wollten morgen Koost geben. Ob denn aber auch wohl alles seine Richtigkeit hatte und bekam? Ob alles dazu bereit war?

Sie wollte angestrengt darüber nachdenken, aber umsonst! Die zerrissenen Gedanken, die wie Sturmvögel in ihrem armen kranken Hirn wild und dumpf umherflatterten, ließen sich nicht zusammenbringen. Sie tippte mit zwei Fingern an die Stirn und versuchte es noch einmal. Vergeblich!

Wohl erstarb bei diesem Versuch das frohe Lächeln auf ihrem runzeligen Gesicht, aber die Hoffnung und die gewisse Zuversicht wurden nicht dabei fortgewischt.

„Haarte See, o was haarte See! – Aber er musste doch wieder kommen, er hatte es doch gesagt – – o ha ja – – – was verzog er sich doch nur so lange!"

Die mageren Hände strichen die buntseidenen Schürzenkanten, glätteten den weiten bauschigen Faltenrock und berührten leise mit den silbernen Filigrankugeln der Ärmel den Brustschmuck, dass die Ketten wie feine, ferne Glockentöne klirrten. Für ihren Liebsten hatte sie sich so geschmückt.
Schwer rollte die See.
Thalke Thyssen faltete die Hände und betete mit halblauter, hoher weinerlicher Stimme:
Help HERR JESU ön dat swoar Weer;
Help HERR JESU en stal dat Woar,
Help HERR JESU en stön üs bai,
Help HERR JESU en let gong ferbai. Amen.
Müde sank der Kopf der Greisin an die harte Stuhllehne und zögernd schlossen sich die Lider.
Schwer rollte die See.
Blitze zuckten über den Himmel und zerrissen die grauenhafte Finsternis, Donner jagten grollend hinterher und ließen alles erbeben. Erschreckt erwachte die Schläferin und hob fröstelnd die Schultern. Das Feuer im Beilegeofen war erloschen, und die Flamme der kleinen Messingstehlampe flackerte hin und her. Der Regen schlug wild gegen die nebelblinden Scheiben, und sein Rauschen verband sich mit dem Toben und Brausen des Meeres.
Die Einsame lauschte mit Bewusstsein in den stürmischen Martinsabend hinaus. Wimmerten und flehten da draußen nicht Stimmen? Schlichen nicht müde, schleichende Schritte an die Fenster ihres Pesels, sahen nicht hohle Augen aus eingefallenem Kopfe durch die nassen Scheiben, und klopfte es nicht mit harten Knochenfingern laut vernehmbar an das Holzkreuz?
Als habe ein eiskalter Hauch sie berührt, sprang sie angstvoll auf und taumelte aus dem hohen Stuhl und setzte sich bleich und zitternd auf die Brauttruhe, just dahin, wo zwischen roten und weiß gemalten Rosen die verschlungenen Buchstaben M. B. silbern leuchteten; über

die Buchstaben Th. Th. musste sich dann ihr Liebster setzen. Gleich würde er kommen.

Doch Angst und Entsetzen wichen nicht von ihr, und je stärker draußen das dumpfe Klopfen und Lärmen und Wimmern war, desto größer wurde ihre innere Furcht. Es hielt sie nicht länger mehr allein, sie band ein zweites Kopftuch um und vertauschte die Lederpantoffeln mit den großen Klotzen.

In der niederen Tür blieb sie sekundenlang stehen, tippte mit dem Zeigefinger an die gefurchte Stirn, wo wollte sie doch hin? Ach, morgen war ihr Hochzeitstag, und nun hatte doch wohl keiner dran gedacht, dem Lehrer das zu sagen. O ha nein, wie konnte das nur vergessen werden, er musste doch Orgel spielen und vorsingen. O ha ja, nun musste sie doch man selbst hin, ihn darum zu bitten.

Klapp, Klapp! Schwer schlugen die groben Holzschuhe auf den schmalen Steinpfad, der ihr Haus vom Schulhaus trennte. In der Dunkelheit verfehlte sie die Eingangstür und stand nach ein paar Schritten vor den breiten Fenstern, aus denen Lampenlicht mit rötlich gelbem Flimmern traulich winkte.

Mit angehaltenem Atem schaute sie auf das rührende Bild. Durch das Zimmer trippelte im langen, weißen Flaumnachthemdchen ein blondlockiger, dreijähriger Bub, gerade auf den am Schreibtisch arbeitenden Vater zu. Der Halter flog aus der Hand, Hefte und Tinte wurden beiseite geschoben, und hellauf jauchzend ritt der Knabe auf den Knien.

Thalke Thyssen schaute und schaute und konnte den Blick nicht abwenden. Fest presste sie das alte hagere Gesicht an die feuchten Scheiben und konnte doch nicht hören, was drinnen der süße Kindermund plapperte.

Der Wind, der sich zwischen den Häusern fing, strich wehklagend über die Einsame, und unaufhörlich prasselte der Regen nieder. Die Ärmste unter den Armen stand mit gänzlich durchweichten Kleidern noch immer vor den Fenstern. Nässe und Kälte ließen die zahnlosen Kiefer aufeinander schlagen, dennoch spürte sie kein Unbehagen.

Da – plötzlich schienen die wirren Gedanken in ihrem zerquälten Kopf ein wenig klarer zu werden; es war, als zöge die Erinnerung der fernen, fernen Vergangenheit eine lichte Bahn durch ihr nachtdunkles Hirn.

Sie sah, wie der Lehrer seinen Buben auf den Arm nahm und ihn nebenan ins Schlafzimmer trug. Er kam zurück und nahm einen Stapel Hefte vor. Gleich hinterher kam sein junges Weib, setzte sich ihm gegenüber und ordnete mit geschickten Händen verwirrte Wollsträhnen.

Schwer rollte die See.

Drinnen im Zimmer brannte ruhig die Lampe. Vom Kachelofen her floss roter Lichtschein durch den dunkleren Teil der behaglichen Stube. Ab und zu nur flammte das sinkende Feuer, bis die goldene Glut sachte verglomm.

Die Feder fuhr schon seit geraumer Weile nicht mehr knisternd über das weiße Papier, der Lehrer saß, den Kopf aufgestützt, versonnen da und betrachtete unverwandt die schlanken, weißen Frauenhände. Ebenso geduldig, wie sie jetzt Faden auf Faden glätteten, strichen sie auch die Falten aus seiner Stirn, die schweres Leid in seinem Leben eingegraben hatte.

Thalke Thyssen folgte seinem Blick. O ha ja, was für ein liebendes Wort musste er wohl eben gesagt haben! Voll schlug die blonde Frau die Augen zu ihm auf, ihr Antlitz wurde wie von innen heraus erleuchtet, verjüngt und erblasst in einem übermächtigen Glücksempfinden. Eines Kindes Staunen lag in den dunklen rätselvollen Frauenaugen und wandelte sich zu eines Weibes tiefstem Glück.

Die Einsame presste mit klopfendem Herzen die heiße Stirn gegen die regenkalten Scheiben, und in ihren Augen brannte eine namenlose Sehnsucht. Sie lächelte schmerzlich und blickte den Regentropfen nach, die mit erneuter Wucht gegen die Fenster fielen und sich doch nur träge in schmalen Rinnsalen vereinigten. Klar und bewusst sah sie noch, wie sich der Lehrer zu seiner Frau in das Sofa setzte, dann tauchte ihr Geist wieder in die Finsternis.

O ha ja, was hatten die beiden sich wohl lieb! Meinert Boysen, ihr Meie, hatte sie aber auch so lieb. Sie hatten sich auf die Brauttruhe gesetzt und sich geküsst. Wild hatte er sie geküsst, und heiß war ihr das Blut durch die Adern geflossen. Wo war er doch nur?

War gegangen und nicht wiedergekommen, hatte gesagt: „Morgen machen wir Hochzeit!" So hatte er doch gesprochen und hatte nimmer die Hallig wiedergefunden. O ha ja!

Aber weinen konnte die Arme nicht. Das furchtbare Erlebnis vor fünfzig Jahren hatte die Tränen für immer versiegen lassen, nur ein Lachen, ein grausiges, grelles, schrilles Lachen war ihr geblieben.

Schwer rollte die See.

Thalke Thyssens Gedanken nahmen wieder den alten Flug. Ihr Liebster kam ja heute wieder, er versprach's ihr doch und sagte für gewiss: „Morgen ist unser Hochzeitstag!"

Ob er denn nun gleich kam? O ha ja, das konnte gut angehen! Sorgsam feuchtete sie das schon ganz durchnässte Haar mit dem Zeige- und Mittelfinger an und strich die dünnen triefenden weißen Haarsträhnen unter das Kopftuch.

Sie wollte auch jetzt nur nicht mehr ins Schulhaus, den Lehrer zu bitten, dass er morgen auch die Orgel spielen möchte. O ha nein, sie wollte nicht hinein, dann schnackte sie sich leicht fest. Und wenn dann just Meinert zurückkam, und sie war nicht im Pesel, saß nicht auf der Brauttruhe! Ging sie rein, dann sollte sie lange dort bleiben. Das war immer so. Wenn sie dann alles von ihrer und Meinerts Koost erzählte, dann saß der Lehrer mit ganz ernstem Gesicht dabei, und die Frau lachte kein einziges

Mal, strich bloß immer mit ihren weißen Händen über Thalkes Arme und sah sie traurig dabei an. Traurig! Sie sollte nicht traurig sein, wenn von der Hochzeit gesprochen wurde. So konnte sie ja auch nicht gut hineinkommen, das Brusttuch musste sie erst mal abtun. Unter dem Tuch saßen gewiss an die hundert spitze lange Nadeln. O – ha ja – was tat es doch weh, wenn die sich langsam in die Brust und Seiten und durch den Rücken bohrten. Schlimm weh tat es, und wieder und wieder stachen die Nadeln.

Langsam wandte sie sich vom Fenster ab. Jetzt wollte sie heim, wollte ins Wandbett. Mühsam, den Körper nur mit großer Anstrengung aufrecht haltend, tappte sie in ihr Haus zurück.

Schwer rollte die See.

Am anderen Morgen fand die junge Lehrersfrau Thalke Thyssen angekleidet im heftigsten Fieber im hoch

aufgetürmten Wandbett liegend. Das Stechen und Bohren in der Brust rührte von keinen Nadeln her, sondern eine tödliche Lungenentzündung war die Ursache.

Mit starken Armen richtete die Junge die Greisin auf, befreite sie von den nassen Kleidern und bettete sie in frisches Linnen. Unter lautem gellendem Lachen ließ sie es geschehen. Aber dann legte sie sich erschöpft zurück und war still.

Nach einer Weile schüttelte das Fieber die Kranke wild umher, der Körper brannte wie Feuer, und die Augen glühten irr und flackernd.

Bis gegen Abend saß die junge Frau vor dem Wandbett, und so oft sie ihre kühlen weißen Hände auf die fieberheiße Stirn der Sterbenden legte, war es, als ginge ein Strom von Ruhe und Frieden davon aus. Das schrille Lachen wurde weniger und hörte schließlich ganz auf, nur die trockene, rissige Zunge stieß sie dann und wann unter wehem Stöhnen heraus. Dann flößte ihr die Junge liebreich kalten Fruchtsaft ein.

Die fahle Herbstsonne wanderte wie abschiednehmend durch die Stube. Da blickten plötzlich Thalke Thyssens Augen nicht mehr irr. Stumm faltete sie die Hände über dem Deckbett, und wie aus weiter Ferne kam der Klang ihrer Stimme.

Erschüttert und mit angehaltenem Atem vernahm es die junge Frau. Die Nähe des Großen, Schweigenden, der durch die niedrige Halligstube schritt, ließ auch sie die Hände falten.

Ein Röcheln hub an. Der letzte Kampf begann. Leise stand sie auf und legte ihre Hände über die verschlungenen der Greisin und betete kaum vernehmbar:

„Lieber Gott, mach mich fromm,
Dass ich zu dir in den Himmel komm." –

„Amen!", sagte Thalke Thyssen laut und feierlich. Ein Wort, was sie seit fünfzig Jahren mit klarem Bewusstsein nicht gesprochen hatte, nicht hatte sprechen können.

Und dann wurde es ganz stille. – – –

Ipke Frerksen

Ein gelblicher Schein lag über dem grauen, nebelbelasteten Meer. Aus dem Wolkenpfuhl, der dort seine Trichter drehte, stieß er auf das dunkle Meer herab und sog es an sich. Dazwischen wütete der Sturm, die Brandung heulte und brüllte, und immer lauter wurde das Krachen und Donnern.

Die Luft grollte von unsichtbaren Gewalten, die mit Orgelstimmen wild einherfuhren und die schäumenden Wellen in mächtigem Anprall an das Ufer warfen, dass der Gischt senkrecht in die Höhe schoss.

Plötzlich peitschte der Nordwind die Wolkenballen auseinander, und eine kleine Weile wurde ein Stück blauen Himmels sichtbar.

Aber bald flossen Meer, Nebel und Strand zusammen im geheimnisvollen Grau des Novembertages. Geisterhaft war die große Einöde, und alles wurde zum Schatten in der undurchdringlichen und unermesslichen Weite.

Der Wind, der mit gierigen Atemstößen aus der See kam, schlich merkwürdig müde um die wenigen Häuser, bis er stöhnend zwischen ihnen zu Boden sank. Vergaß auch er in der Nebelwüstenei sein Wollen und Vorwärtsdrängen, wurde er selbst auch schon zum Schatten?

Es war nicht Tag noch Nacht.

Eine seltsame Dämmerung, in der feiner Nebeldampf wie Angstschauer von den Dachfirsten flirrte, lagerte über der kleinen Hallig. Mit angstvoll klagendem Schrei flogen Wildenten und Rottgänse seewärts durch den Nebel, und immer lauter wurde das zornige Kreischen der Silbermöwen.

Allmählich wurde es stiller. Die Nacht senkte sich auf das Eiland. Der Nebel aber stand noch immer wie eine Mauer um die Warf.

In Ipke Frerksens Küche brannte das Feuer auf dem offenen Herde. Die Funken knisterten und züngelten unter dem Dreifuß, der über den Ditten stand, und beißender Qualm strich träge um den rauchgeschwärzten Kessel. Ipke Frerksen nahm einen Span aus dem Korbe, zog umständlich ein klobiges Taschenmesser hervor und spitzte ihn an. Dann ging er schlürfend an die Feuerstelle, machte ihn glühend und zündete damit seine Pfeife an.

Beim trüben Schein der Schiffslaterne, die vom niedrigen Deckbalken spärliches Licht verbreitete, sah sein altes, durchfurchtes Gesicht verfallen und müde aus. Die sonst noch wetterharten Züge schienen plötzlich fahl und welk, und wenn er den zahnlosen Unterkiefer vorschob, dann verzerrte sich krampfartig das ganze Greisenantlitz dabei.

Schon seit geraumer Zeit saß er nun in sich zusammengesunken auf einem niedrigen strohgeflochtenen Schemel vor dem Herdfeuer. Dann und wann sog er an seiner Pfeife, und der weiße Rauch hüllte wirbelnd sein Gesicht ein.

Still war's in der Küche, man hörte nur das leise Knistern und Sprühen des Feuers und zwischendurch das Saugen auf der halblangen Pfeife. Ipke Frerksen faltete die braunen fleischlosen Hände. Sein Kopf mit den langen, dünnen weißen Haaren fiel wie bei einem Schlafenden tief auf die Brust. Doch er schlief nicht. Mit starren Blicken schaute er in die züngelnden Flammen, wo Büschel trockenen Wermuts zwischen Dittensoden Feuer fingen und den Duft ferner Sommer brachten.

Der scharfe Qualm des Herdfeuers trieb ihm Wasser in die rot geränderten, wimperlosen Augen. Er wischte mit dem Handrücken darüber, aber der Schmerz wurde nur noch brennender. Schwerfällig erhob er sich, langte mit zitterndem Arm die Laterne herunter und schickte sich an, in den Pesel zu gehen.

Als er aber das Licht in der Hand hatte, kam ein Windstoß und löschte die Laterne, die nur zwei heile Glasscheiben hatte, aus.

Im Dunkeln tappte der Alte aus dem Raum und suchte, auf der schmalen Diele tastend, nach der Klinke der Peseltür.

Finster war's drinnen. Mit vorgestreckten Händen, dabei die im Wege stehenden Stühle sachte mit der Rechten beiseite schiebend, fühlte er sich nach dem Wandbett hin. Die linke Hand legte die Pfeife behutsam hinter die Kissen, er meinte ja nicht anders zu können, als vorm Einschlafen und gleich nach dem Erwachen an der kalten Pfeife saugen zu müssen.

Kattunvorhänge hingen schon seit vielen Jahren nicht mehr vor dem Bett, und doch war es nicht so einfach, sondern kostete ihn allabendlich Mühe, in die hoch aufgetürmten Bettstücke zu klettern. Viel lieber wäre es ihm ja noch gewesen, die Schlafstatt hätte mit einer schmalen steilen Schiffsleiter erstiegen werden müssen. O ha ja, wie schön wäre erst dann ein solches Hineinkriechen. Richtig eine stete Erinnerung an die Schaluppe wäre das.

Er riss sich gewaltsam von den Gedanken los. Die Jacke war abgestreift und die Hose losgebunden, und nun lag er in den rot gewürfelten Bezügen, kurzatmig und stöhnend.

Draußen trommelte der Regen unaufhörlich und wild gegen die Scheiben, dumpf schlugen die Wogen auf das Vorland, und drohender wurde der Tanz, zu dem der Nordwind den geisterhaften Nebelschwaden, die bleich und dampfend über Himmel und Meer strichen, geigte.

In Ipke Frerksens altem Herzen konnte jedoch der klagende Wind kein wehmütiges Erinnern wecken, er hörte keinerlei Geräusche, war seit dreißig Jahren auf beiden Ohren taub.

Auf einmal wurde es dem alten einsamen Manne ganz eigen, so seltsam weh ums Herz! Und er wusste doch nicht, woher die Empfindung kam. War das, weil er seit Jahrzehnten zum ersten Male nicht beim Einschlafen an der kalten Pfeife sog? Da mit einem Male …

Mit einem Male stierte er geradeaus … und eine Sekunde lang stockte der Blutschlag seines Herzens.

Ein Grausen, ein unnennbares Grausen erfasste ihn, dass es ihm den Atem verschlug, und ein Schauer lief ihm eisig kalt den Rücken herunter.

Kalte, spitzige Krallen fühlte er im Nacken, seine feuchten Hände spreizten sich auf dem schweren Deckbett, der Mund öffnete sich weit zum Schrei, – – – aber er brachte doch keinen Laut heraus!

Keine Anstrengung half, die Kiefer blieben geöffnet und die Lippen, die trocken und spröde wurden, konnten sich nicht mehr schließen. Seine Furcht und Angst wuchsen. Immer entsetzter starrte er geradeaus … Da saß ein Licht!

Gerade ihm gegenüber, zu Fußenden des Wandbettes, flackerte das Totenlicht!

Er wollte schreien. Wollte doch einen Namen rufen.

Paul Knudt Paulsen wollte er rufen! Oder Siekelene Paulsen.

Und er konnte nicht! Wie Lähmung lag es in seinen Gliedern. Doch wie gebannt musste er immer auf das grausige, flackernde Licht stieren.

Mit mattem Schein und doch glanzlos hockte das Totenlicht da, blieb auch immer auf derselben Stelle. Wie eine arme, bange Seele in gelblichem Nebel – so erschütternd traurig sah es aus. – – –

Allmählich kam ihm das klare Bewusstsein zurück. Wie er auch darnach ausschaute, das Licht war nicht mehr da und blieb auch verschwunden. Nun empfand Ipke Frerksen aber einen brennenden, stechenden Schmerz in der Brust. Das wurde heftiger und tat schlimm weh, o ha ja, richtig schlimm weh!

Da wusste er, was auf ihn wartete und dass er dem nicht ausweichen konnte. In schweigender Unerbittlichkeit schritt es auf ihn zu.

Er wollte schreien, wollte doch nach Paul Knudt und Siekelene rufen, die nur zwei Türen weiter wohnten, aber wie er sich auch mühte, kein Laut war vernehmbar.

Sein Kopf fiel schwer auf die Seite. Der herabhängende Unterkiefer bewegte sich langsam hin und her. Ein kalter Schauer durchrann ihn. Wovor er sich ein langes Leben gefürchtet, das war nun da – – die einsame Sterbestunde!

Nicht den einsamen Tod, o ha nein! o nein! Wie gern wäre er noch trotz seiner fünfundachtzig Jahre in die Jolle gestiegen, mit vollen Segeln in die salze See gesteuert und nicht wiedergekommen! Hätte ein Seemannsgrab gefunden wie so viele. Und das wäre auch sein Wunsch gewesen: tief unten still zu schlafen, von rollenden, schäumenden Wogen überrauscht!

Nun würde er in die schwere, schwarze Kirchhofserde kommen, – und dem vorauf ging erstmal dies langsame Sterben! Nein, so hatte er's sich nicht gewünscht.

So einsam sterben!

Er war schon über fünfzig Jahre allein und wie kümmerlich waren die Jahre erst, seit er taub war.

Ganz langsam ging er in seiner Erinnerung rückwärts. Was lange verschüttet gewesen, tauchte auf.

Stand die Zeit still? Es war ihm wie ein Schreiten durch traumhafte Zeiten. Da war der Märzenmonat. Die anderen rüsteten sich alle zur Grönlandfahrt, nur er allein blieb bei seiner Frau Eheliebsten auf der Hallig zurück. Sabbe hatte das so gewollt. Sie waren miteinander am Donnerstag vor dem ersten Advent kopuliert. Doch sein Zurückbleiben von der Nordlandsfahrt reute ihn alsbald. Er beredete es mit Sabbe, Tag für Tag, eine Woche nach der anderen, bis sie schließlich auch die Meinung hatte, er solle eine Heuer auf Amsterdam nehmen.

In der dritten Aprilwoche, an einem Ostermontag, vor dreiundfünfzig Jahren war's gewesen. So um Mittag hatte die Tide gelegen, in der er fortgesegelt war, und der Wind war gut. Als sich die erste Nacht auf See senkte und er den Anker geworfen hatte, musste er immerzu an Sabbe denken. Daheim auf der Hallig war in der Stunde Teezeit, und er saß da in der engen Koje seiner Schnigge. Das grüne Licht der Steuerbordlaterne fiel gerade hinein. Wolken trieben unterm Himmel, düster und eilig, und das Leuchtfeuer von Hewer flammte hell und ruhig auf. Es fing an härter zu wehen, aber das war ihm just recht. Das Wasser schlug klatschend gegen die Wände, Mast und Klüver knarrten, und immer wilder jagten die zerrissenen Wolken. Auch über sein kleines Fahrzeug rauschten bald graugrüne Wogen in toller Jagd, doch er achtete es nicht. Mit weit geöffneten Augen hatte er in der Koje gelegen und bewusst geträumt, hatte von seiner Heimkehr im Oktober geträumt. Dann nahm er schon ganz in der Ferne den Kieker und hielt scharf Ausguck nach dem großen Priel im Süden. Wer sollte da wohl stehen? Ein lachendes blondes Weib stand dann da, sehnsüchtig seiner harrend und hatte ein Kind auf dem Arm. O ha ja – so schön war der Traum gewesen, so schön die Bilder, die er sich mit aller Sehnsucht ausgemalt hatte, um dann der letzten Erfüllung zu harren in seiner großen Einsamkeit.

Und wie ganz, ganz anders fand er 's. Er kam am letzten Oktobertage zurück. Wie angestrengt er auch ausschaute, nichts konnte er am Ufer entdecken. Sabbe wusste doch, dass die Meinung war, er wolle im Oktobermonat heimkommen. Im Hewerstrom war der Wind noch umgesprungen, und er fuhr erst ins große Tief hinaus, und dann, mit der Flut, kreuzte er langsam auf. Je höher die Sonne stieg, desto mehr flaute der Wind ab. Obwohl er drauf aus war, immerlos das Segel seiner Schnigge an den Wind zu bringen, damit jedes Lüftchen ausgenutzt wurde, es nutzte nicht viel. Das Segel schlappte und blieb schlaff. Schließlich hatte er ungeduldig und verdrossen das Ruder hin und her gerissen, aber an dem hoch gewölbten, blauen Horizont, der wie blank gescheuert über der Nordsee lag, zeigte sich nicht das kleinste Wölkchen. Nur eine flache Dünung rollte gemächlich aus der Unendlichkeit herauf, glitt mit silbernem Aufleuchten der Kimmung zu und senkte sich mit dunklen Schatten. Stunde um Stunde hatte er gekreuzt, dann hatte endlich von weitem die Heimathallig gegrüßt. Immer deutlicher ragte das Ufer heraus, bis scharf umrissen die Häuser sichtbar wurden. Im Westen die Kirche mit dem frei stehenden Glockenturm, das Pfarrhaus, die beiden Nachbarhäuser und dann das seinige. Die übrigen nahm er gar nicht mit in den Kieker. So stur er auch stand, das Ruder zwischen die Knie gestemmt, und ausschaute, eine Frauengestalt sah er nicht. Wie lange hatte er so gestanden und unverwandt auf das Ufer gesehen. Plötzlich war er von der Bootsbank getaumelt, seine Hände hatten zuerst ins Leere gegriffen, bis er das Steuer wieder zwischen seinen Händen gefühlt hatte. Er ertappte sich dabei, dass er die Richtung nicht ganz innehielt. Doch was machte das, er brauchte ja nur geradeaus zu segeln. Müde und träge schleppte sich die Schnigge durch die schimmernde Flut, und er hielt lässig das Ruder. Sein Blick suchte nicht mehr das Ufer, er verlor sich in der unendlichen Weite, als suche er dahinten das Unbegreifliche zu ergründen. Sabbe – sein Weib – war nicht da!

Sie musste ihn schon von der Warf her erkannt haben. Lange blickte er noch einmal dahin, wo sie stehen sollte, den ganzen Sommer hatte er es doch geträumt. Sabbe stand nicht da. Er hatte sich abgewandt. Erst als seine Jolle schrammend und schurrend die Brücke berührte und so im letzten Vorwärtsdrängen gehemmt wurde, blickte er bang auf. Ja, nun war er da, war daheim!

Regungslos blieb er erst noch sitzen, dann stand er langsam auf. Er ließ Pikfall und Fock herunter und wickelte schwerfällig das Segel um den Mast, als er gewahr wurde, dass der Stewen knackte, so verbiestert war er, dass er vergessen hatte, den Anker zu werfen. Dann klangen bedächtige Schritte auf dem holprigen Pflaster. Klapp, klapp, und die schweren Klotzen tappten über den schmalen Steg, schlurrten über die Fennen bis zum Boot des Heimkehrenden. Die etwas singende Greisenstimme des Ältesten schlug zitternd an sein Ohr, als er ihm den Willkommgruß auf der Hallig bot. Ob er und was er geantwortet hatte, wusste er nicht mehr.

„Ja, Ipke Ferksen, du hast nun keine gute Heimkehr! Deine Frau Eheliebste ist in ihrem Kindbett verstorben, so wir den 5. September schrieben, und liegt allda mitsamt ihrem Söhnchen im Westen begraben." – – –

Im Westen begraben! Da würden sie ihn nun auch begraben.

Eiskalt lief es Ipke Frerksen jetzt wieder den Nacken hinab. „O ha ja, die Pein!" Da fühlte er einen heftigen Schlag an der einen Seite des Körpers von oben bis unten herunter und dann ein Stechen wie von tausend spitzen und stumpfen Nadeln. Der Unterkiefer klappte wieder auf und zu, aber nur ein Röcheln entrang sich seiner Kehle.

Oh, das einsame Sterben! Und er war so müde, o ha, so müde, todmüde! – Während der gebrechliche Körper vom letzten Kampf langsam zermürbt wurde, führte der Traumgott den wachen Geist noch einmal ins Boot und ließ ihn mit vollen Segeln in die Nordsee fahren.

Ganz still wars ringsumher. Schwarz aus der Tiefe schimmernd lag das Meer unterm dunkelblauen Sternenhimmel. Der volle Mond ließ sein flüssiges Silber feierlich auf die See rieseln, und die Wellen sangen ihr seltsam dunkles, ewiges Lied. Reglos im geisterhaft bläulichen Schein träumte die Nacht.

Plötzlich kam ein wunderbares Klingen und Rauschen irgendwoher ...

Ipke Frerksens Segel flimmerte im Mondlicht. Da fiel der Schatten von einem anderen großen Segel darauf, so nahe, dass seine Jolle hin und her schwankte.

Und dann – – – dann schurrte das fremde Boot hart steuerbord vorbei. Der es führte, saß nicht am Steuer, sondern stand aufrecht neben dem Mast. Er hatte Ölzeug an, und unter dem Südwester war ein Gesicht von wunderbarer Feierlichkeit und die großen stillen, tiefen Augen glänzten, als strömten sie Sternenlicht aus. Weiche blonde Haare umrahmten die blassen schmalen Wangen und gleich einer silbernen Glocke klang die Stille voll unendlicher Barmherzigkeit:

„Kommt her zu mir alle, die ihr mühselig und beladen seid, ich will euch erquicken!"

Sachte glitt das Boot vorüber in endlose Weiten. Tiefe, dunkle Stille wieder ringsum. Mit angehaltenem Atem lauschte er versonnen und verträumt, als schwebte noch der unirdische Klang der Heilandsworte verloren in der Ferne ... Die Wellen sangen lauter.

In heiligem Schauer saß Ipke Frerksen am Steuer. Da traf ein schäumiger Spritzer, weiß wie Geisterlicht, seine Augen, und er wischte mit der Hand darüber.

Wieder kam ein Spritzer.

Mühsam und ruckweise hob sich die Linke vom Deckbett. Er hatte doch Spritzer von salzem Wasser eben in die Augen gekriegt, o ha ja.

Als er die Hand in halber Höhe hatte, wiederholte sich der Schlag, und auch der linke Arm sank steif und kalt zurück. Ipke Frerksen hatte ausgelitten. Sein Boot hatte den Hafen gefunden.

Unter der ersten Christtanne

Der Dezemberhimmel stand hoch und klar über der Nordsee. Die frühe Dämmerung des Heiligen Abends war gekommen, und zahllose Sterne flimmerten tröstlich und verheißungsvoll.

Die Inseln und Halligen waren von starrem Eisgürtel umgeben und festlandabgeschieden. So weit das Auge reichte, breitete sich ein einziges, großes Schneefeld aus. Auch die kleinste der Halligen lag in einer überwältigend großen Polarlandschaft. Ringsum wuchtete ein grenzenloses Eismeer. Mächtig ragten gigantische Felsen und Blöcke. Dazwischen drängten sich gewaltige Berge von hochgepressten Schollen und seltsam getürmte Schneewände.

Wie ein Stück Urnatur, ein Tummelplatz roher, sinnloser Naturgewalten mutete es an, wenn am verhangenen Himmel dunkle Wolken jagten, und wehe dem Wanderer, der bei unsichtigem Wetter sich darauf hinausgewagt.

Heute aber unter dem sternbesäten Weihnachtshimmel ist auch über dieses Chaos ein wundersamer Glanz gebreitet. Langsam steigt der volle Mond herauf und sein gleißendes Silber schmückt mit güldenen Ketten die ragenden Wände und mit leuchtenden Kronen die Kuppen und Zacken, als sei der Kinder weißester Wintermärchentraum Wirklichkeit geworden.

Inmitten des unübersehbaren Gewirrs dieser schimmernden Pracht träumt die tief verschneite Warf mit ihren weichen Linien und regelmäßigen Flächen wie in unendliche Seligkeit gebettet. Im niederrieselnden Mondlicht glänzt die flaumige Schneedecke der Böschung und des Vorlandes weich und mild. Eiskristalle flimmern, und eine Fußspur im Schnee verliert sich irgendwohin ...

Nichts unterbricht das vernehmliche Schweigen und die Stille der Heiligen Nacht als das leise gleichmäßige Rollen der fernen Brandung von dort, wo die See offen ist.

In die knorrigen, windzerzausten Fliederbüsche nahe am Hause sind Girlanden von Schnee eingeflochten, und auf der Ligusterhecke liegt es wie feiner Kristallzucker.

An den Scheiben der Haustüre wachsen weiße Blumen, die im silbernen Mondenschein funkeln und glitzern.

Eine Warf nur auf der Hallig, ein Haus und in ihm wenige Menschenkinder in Einsamkeit und aller Menschenferne! Das ist alles! Aber der weiche Arm der Unendlichkeit legte sich darum, und lichtvolle Ewigkeit wölbt sich darüber.

Ein schwaches Licht fiel aus den breiten, bleigefaßten, unverhängten Fenstern der Süderstube. Drinnen war es ganz still. Die große, bunt bemalte, holländische Kastenuhr tickte mit hartem Gang im Gehäuse. Die Kerzen an der winzigen grünen Tanne, die auf dem blank gescheuerten Tische stand, flackerten und leise knisterte das Feuer im Beilegeofen. Ein Wachströpflein fiel mit sanftem Schlag auf die weißen, sandbestreuten Dielen, ein glimmendes Tannenreis sandte seinen würzigen Duft in die

Höhe, und von den Wandbetten her klang ein kinderseliges Atmen.

Der alte Mann in dem großen, schweren Eichenstuhl schob die Hauspostille, die aufgeschlagen vor ihm lag, etwas zurück und sah forschend auf die junge Frau, die mit verschränkten Händen gesenkten Blickes am anderen Ende des Tisches saß, der noch die kargen, aber nützlichen Weihnachtsgaben für die Kinder trug.

Bitteres Leid beschattete die regelmäßigen Züge der blonden Frau, und der Schmerz hatte seine Spuren darin gemeißelt. Es war nicht die große Einsamkeit und nicht das Alleinsein, was den Frauenaugen diese Trostlosigkeit im Ausdruck gab. Sie haderte und rang mit dem Geschick, weil niemals Kunde davon gekommen war, wie der Segler, den ihr Mann führte, auf der Fahrt nach Westindien seinen Untergang gefunden hatte. Immer musste sie daran herumrätseln, immer wieder darüber grübeln: Warum? – Es war ja alles so sinnlos! Und Leid und Hoffnungslosigkeit wurden ihre Weggenossen. Vor zweieinhalb Jahren war's geschehen, als ein Jahrzehnt über ihren Hochzeitstag vergangen war, und sie hatte ihm sein kleines Mädelchen, das sich nach den drei Buben eingestellt hatte, nicht mehr zeigen können.

Nomy war ihrem alten Schwiegervater auch in all der Zeit vorher keine lustige und unterhaltsame Schwiegertochter gewesen, aber wohl eine tüchtige und treue Hilfe in Haus und Stall, am Strande und im Boot und auch bei seiner Winterarbeit, beim Vogelausstopfen. Doch von dem Tage an war auch diese Freudigkeit in ihr erloschen, sie war noch schweigsamer und die klaren Augen noch um vieles ernster geworden.

Immer noch saßen die beiden Menschen stumm einander gegenüber. Das junge Weib atmete tief, und quälender wurde der Zug des Schmerzes, dumpfer sprach aus ihm die Not. Boye Ingwer Paulsens Blick wanderte sinnend an die niedrige Decke und blieb dann forschend auf dem blassen, leidvollen Frauenantlitz hängen.

Wieder verstrich eine Weile.

„Nomy", hub er dann behutsam an, „es ist wohl gut, dass wir den Kindern einen richtigen Tannenbaum ansteckten, und nicht den künstlichen?"

Durch die schmerzhafte Müdigkeit ihrer Züge flammte kein hartes Nein, wie er erwartet hatte. Nomy lächelte sogar ein wenig, und in ihren Worten war ein Zittern, was ihn unwillkürlich aufhorchen ließ. „O ja, Vater, wie ist das gut! Mir ist, als hätte ich das alles schon einmal erlebt und darum mich im Schlaf und Traum danach gesehnt. Und der helle Kinderjubel hat das Seine dazu getan. Zum Licht gehört auch das Leben, und daran erinnert der Tannenbaum uns doch so ganz anders." –

Zum ersten Male knisterte das hoffnungsvolle Grün der Tannennadeln in der Halligstube, zum ersten Male zog jener zauberhafte Duft durch den niedrigen Raum, wo sonst immer am Heiligen Abend nur ein armseliger, mit buntem Papier umwickelter Stock, der unten und oben je vier ebensolche kreuzweis gesteckte Äste trug, als Christbaum Dienste geleistet hatte. Er hatte an den acht Enden auf krummen Nägeln selbst gegossene Talgkerzen getragen und war oben von einem dickeren Licht anspruchslos gekrönt gewesen. Auch er hatte an seinem Teil Freude gebracht, aber so warm wie heute hatten unter ihm die Herzen nicht geschlagen.

Die Lichtlein an der ersten Weihnachtstanne brannten langsam nieder. An der Spitze des Bäumchens hatte der alte Boye Ingwer Paulsen ein schlichtes Holzkreuz, das er mit geschickter Hand geschnitzt und in rührend mühsamer Arbeit mit Schaumgold beklebt hatte, angebracht.

Versonnen blickte Nomy auf und sprach zum ersten Male gefasster von dem, was sie bewegte. Des Alten Augen weiteten sich ungläubig, dann nickte er bedächtig zu ihren tapferen Worten: „So ist's recht. O ha ja – so ist es recht, Nomy, Gott ist immer bei den Glaubenden." Dabei fuhr seine Hand langsam über sein langes, silberweißes Haar und dann ein paar Mal über die weiße Schifferkrause, die das wetterharte Gesicht umrahmte.

Die unteren Kerzen waren im Verlöschen. Die beiden Einsamen schwiegen.

Hoch an der Decke warf das Kreuz einen dreifachen Schatten auf das glänzende, spiegelnde Weiß.

Wie gebannt schaute die junge Frau darauf.

Da ging ihr ein Tor auf in schrankenlose Weite. Ein unvermutetes Hellwerden vertrieb alle Dunkelheit, der Lichterbaum und das Kreuz darauf. Weihnacht und Golgatha – wie gut sich's doch vertrug. Hatte nicht dort am Kreuz die Liebe und das Leben triumphiert – auch über den furchtbarsten Tod?

Und erst fern und leise, dann immer zuversichtlicher nahm die Hoffnung von ihr Besitz.

Nun war nicht mehr die grenzenlose Trostlosigkeit derer um sie, die aus dem Was und Wie des Todes allzu trügliche und darum quälende Schlüsse zu ziehen suchen, worüber die Toten ihnen dann verloren gehen, verklingende Lieder, zerrinnende Wellen, verwehende Winde.

Ein Hauch der ewigen Liebe hatte sie berührt im Kreuz auf dem lichterglänzenden, lebensgrünen Tannenbaume und vergoldete die Pforte des dunklen Todes zum hohen, lichtdurchfluteten Tore einer anderen, besseren Welt.

Der Alte mochte fühlen, was in ihr vorging. Lange stand das Schweigen zwischen ihnen und über ihnen des Kreuzes dreifacher Schatten; aber in ihnen war die Helle der großen, ewigen Weihnacht. Und als Nomy sich daraus zurückfand, rauschten in ihr die Quellen eines neuen Lebens.

Worterklärungen

Abendtide:	Abendflutzeit
Babe:	Vater
Bangbüx:	Angsthase
Bondestabel:	Halligpflanze
dat Christbern:	das Christkind
Darnsk:	Wohnstube
Ditten:	Feuerung aus getrocknetem Kuhdung
eeh?:	nicht?
Ekke Nekkepenn:	Meeresgott, Gestalt der inselfriesischen Sagenwelt
Fennen:	Grasland
Fething:	großes schilfumstandenes Sammelbecken für Regenwasser
Fock:	dreieckiges Segel
gau:	schnell
gesammelt:	gestorben
Gonger:	Todansager, sagenhafte Gestalt
Hallig:	kleine, nur von Graswuchs bedeckte Insel, die weder von Dünen noch Deichen geschützt wird und darum den Überflutungen durch das Meer ausgesetzt ist
Koost:	Hochzeit
löket:	sehet
Mehm:	Mutter
Priel:	Wasserlauf im Watt
Pesel:	bestes Zimmer
pflegen:	Viehfüttern
Pikfall:	Schiffstau
Reetdach:	Schilfdach
Staket:	Staketenzaun, Lattenzaun
Stakkel:	Krüppel, bedauernswerter Mensch
Tief:	Fahrrinne
Tüg:	Zeug
Warf:	künstlicher Erdhügel von etwa vier Meter Höhe, auf dem die Häuser zum Schutz vor dem Meere stehen
trong:	bange

Inhalt

Wenn die Stürme schweigen 5
 Eine Einführung in das Leben und Werk
 der Halligdichterin Elfriede Rotermund

Sturmflut 15

Die Einsamen 31

Günna Bonken 36

Akke Godbersen 80

In Not 94

Dennoch Heiliger Abend 123

Thalke Thyssen 130

Ipke Frerksen 143

Unter der ersten Christtanne 153

Worterklärungen 159